文春文庫

思考のレッスン

丸谷才一

文藝春秋

目次

思考のレッスン

レッスン*1*

思考の型の形成史

丸谷少年が悩んだ二つの謎

――丸谷さんの本、特に評論やエッセイなどを読むと、まずその発想の斬新さにアッと驚かされます。『忠臣蔵とは何か』は、赤穂浪士の討入り事件および『仮名手本忠臣蔵』の根底に古代人の春夏と秋冬との対立があった、塩冶《えんや》判官は春の王で高師直《こうのもろなお》は冬の王だと見る。『日本文学史早わかり』では、詞華集、アンソロジーによって文学史の時代区分をするという試みをなさっています。『国語教科書批判』では「子供に詩を作らせるな」と言い、最新刊のエッセイ集『男もの女もの』では、歌舞伎はキリシタン劇の影響を受けて生れたのではないか、という仮説を立てる……。

という具合にオリジナリティにあふれている。人が言ったこともない独創、しかも「なるほどそうか」と膝を打ちたくなるような新鮮な思考があることに気づきます。これは読んだもの誰もがそう思うんじゃないでしょうか。

どうすればこんな発想が生れるのか？　人が思いもつかないことを、どうやって考え出すことができるのか。丸谷さんにその秘密をうかがおうというのが、このレッスンの目的です。

どうも丸谷さんには、他人が言ったことと同じことを言うのはいやだ、という気持があるんじゃないか、と……。

丸谷　文学賞の選考会で、こんなことがよくありますね。ある作品をめぐって、まずA氏とB氏が批評する。次に指名された三番目のC氏が、前の二人と同じようなことをもう一回、繰り返してしゃべる。そんなとき、僕がC氏だったら、「AB両氏のおっしゃったことにまったく同感で、付け加えることがありません」、と言って終っちゃうんですよ。

言葉つきはいくらか違っても、結局同じことをもう一ぺん言って時間をとる、手間をかける、そういうのはハタ迷惑なことだと僕は思ってるんです。オリジナリティのある意見、新味のある意見、それなら口に出して言うべきだけれど、他の人が言った意見をただなぞってしゃべるのは、時間の無駄じゃないか。そう思うんですね。

いまのは発言の問題ですけれども、ましてものを書くとなればなおさらでしょう。その場にいた五人や十人が話を聞くのとは違って、本や雑誌はずっとたくさんの人が、しかも時間をかけて読むわけです。それだけ読者に努力を強いることになる。どこかですでに読んだことがあるような、誰かが書いたことの総まとめみたいなことを書くのでは、僕はお金をもらうのが恥ずかしいな。

文筆業者は、まず第一に、新しいことを言う責任がある。さらに言えば、正しくて、おもしろくて、そして新しいことを、上手に言う、それが文筆家の務めではないか。もっとも、「正しくて、おもしろくて、新しいことを、上手に」と、四拍子全部そろうことはなかなかむずかしい。それならせめて、新味のあることを言うのを心がけるべきではないか。

単なるイミテーションによる文章、総まとめの文章、調べて報告する文章、それだけのものを書くんだったら、黙って寝ころんでいるほうがマシじゃないかなあ（笑）。

――「文筆業者は常に新しいことを言う責任がある」というのは、ずいぶん厳しいノルマですね。でも、丸谷さんのエッセイを読んでいると、実に楽しそうに書いてらっしゃるように思えます。

丸谷　僕は、「遊び心」をとても大切にしています。新しいことを言い出す遊び心というか、遊びとしての新しい意見、みたいな気持があるんですね。

ほら、誰だって、新しい思いつきがひらめいたら楽しいし、それをうまく工夫して理屈にして行くのはもっと楽しいでしょう。

「遊び」なんて言うと、じゃあ不真面目なでたらめかと思われると具合が悪いんだけど、大真面目ではないかもしれませんが、しかし多少は頷《うなず》けて、納得できる節《ふし》もある、そう言えないことはないなあくらいの説得力はあって、しかもおもしろいというのを心がける。

これをうんと極端にやったのが、僕の戯文的随筆になるわけです。

戯文的随筆とまで行かなくても、ものを書くときにその種の遊び心は大事だと思うんですね。それがないガリガリ、ゴチゴチの文章は、あまり書きたくない。書こうというエネルギーが出てこないんですね、僕には。

――丸谷さんのそういった性癖は、一体どこから生れてきたんでしょう？

丸谷　どうなんでしょうねえ？　なぜ人の言わないような意見を言いたいのか、遊び心を大事にした文章を書きたいと思うのか？　それを言おうとすると、どうも僕の少年時代の問題に行きつくんじゃないかなあ。あるいはそこから伝記的に――というとちょっと大げさだけれど――しゃべると、説明しやすいかもしれません。

――丸谷さんは、一九二五年、大正十四年生れ。昭和の年号と年齢が同じですね。

丸谷　そう。ですからもの心つく十代というのは昭和十年からの十年間。昭和十年というと、何があった年ですか？

――えーと、満州国皇帝来日、谷崎潤一郎が松子夫人と再婚、石川達三が第一回芥川賞を受賞、宮本百合子、佐多稲子が検挙される……。それに、美濃部達吉博士の天皇機関説が排撃され、永田鉄山陸軍軍務局長が斬殺される相沢事件が起った年ですね。翌十一年が二・二六事件、十二年が盧溝橋事件です。

丸谷　要するに満州事変から太平洋戦争の終り近い頃まで、それが僕の少年時代なわけですね。この時代を僕は、山形県鶴岡市という雪国の城下町にいて、小説本を乱読していたわけです。

あの十代の十年間、僕には不思議で不思議でたまらないことがいっぱいありました。中でも、二つのことがどうしてもわからなかった。

その一つは、なぜ日本はこういう愚劣な戦争——つまり日中戦争を始めてしまったのか、どう見たって先行き見込みはないのに、なぜそれをずるずる続けて行くのか、ということでした。

まさかその上、アメリカと戦争するなんて、これ以上バカなことをするはずはない、絶対にやらないと思ってましたよ。しかし、なんだかしそうな気配が次第に濃くなってくる。どうしてこんなことになって行くのか。それが不思議でたまらなかったんですね。

この問題は、周りの人に質問するわけに行かないんですよ。先生にも聞けない、親兄弟にも聞けない。そんなことをしたら、先生が迷惑するに決ってる。親兄弟だって、答えようがない。

ここで僕は、司馬遼太郎さんが少年時代、図書館にばかり行っていたというエピソードを思い出すんです。

つまり司馬さんも、日本がこんなバカな戦争をやっていることが、子供心に不思議でたまらなかったんだと思う。それを人に聞くことができないから、司馬さんは図書館に行ったんですね。図書館に行って本を読んで考えれば、謎が解けるんじゃないかという気持が、司馬さんの無意識の中にあったんでしょう。もちろん、旺盛な知識欲、読書欲もあったろうけれども、その根底にあるものは、いま自分を取り巻いている現実に対する謎解きをしたいという探究心、精神ではなかったか。そこで図書館に行くしかなかったんだと思うんですね。あんな子供に質問されたら、大人が困るもの。

羨《うらや》ましいなあ。司馬さんは実に条件に恵まれていた。大阪には立派な図書館がいっぱいあったわけです。ところが、鶴岡にはそもそも図書館がなかった（笑）。

僕の行った山形県立鶴岡中学校は、僕の在学中、火事で丸焼けになったんです。校舎は再建されましたが、本が全部焼けちゃったから、図書館がない。

市立図書館というものが一応はありましたけれど、本はまったく貧弱でね。しかも、図書館の司書が、本を貸してくれない。

あるとき、徳永直《すなお》の『太陽のない街』という本を借りようとしたんですね。そうしたら、女の司書が、「中学生には、これは貸すわけに行きません」と言って貸さない。横暴な司書だったなあ。

あの頃は、そういう大人が多かったでしょう。つまり、頭ごなしというか、官僚的というか、教育的態度なんかまったくない。いや、彼女の場合は逆に「こんな本を子供に読ませてはいけない」と、教育的態度が旺盛すぎたのかな。

そんなことじゃあ、僕は諦めない。別の日、男の司書がいるときに持ってったら、こちらはすんなり貸してくれました。こういうところは、男のほうがいいね。取り締るなんて気持はなくて、単に面倒臭いから貸したんだろうけど、図書館というのはそれが大事なんです。余計なことはしないで、読みたいなら何でも読ませる、ということが。

とにかくそういうことがあって、図書館がそもそも貧弱な上に、本を貸してくれない。司馬さんとはたいへんな違いだ(笑)。

——それにしても、こんな戦争をしても勝つ見込みもないという感じは、いつごろからお持ちだったんですか?

丸谷 日中戦争が始まったのが昭和十二年。このとき、僕は十二歳、小学校六年ですね。その頃はまだ「なんだかいやだなあ」という漠然とした感じだったかなあ。

ただ、中学一年生の頃にはもう、「この戦争は見込みがないぞ」という気持があった。だって、あんなに大きい国が相手でしょう。それにアメリカがついてるんだもの、向うには。

——当時の中学生にしたら、かなり早熟ですね。世界全体への目配りというものがないと、そんな発想は出てこない。

丸谷　世界は知らないけれど、ほら、例の阿部定《あべさだ》事件――何かというと僕がお定さんのことを持ち出すものだから、みんなに呆れられてるんだけど（笑）――、あれがあったのが、二・二六事件と同じ昭和十一年でしょう。あのとき僕は小学校五年生だった。

事の実際はよくわからなかったけれども、二・二六の青年将校と、お定さん、吉蔵さんをくらべると、「人間というものは、同じ血を流すにしてもいろんな血の流し方があるもんだなあ」という感想を抱いた。「なんだか変なもんだなあ」と、そういうふうに思って、二つの事件をくらべたような気がする。だから早熟といえば早熟でしょうね。そのくせ、お定さんがいったいなぜあんなことをしでかしたのか、それはわからなかったけれど。

――小学校五年でわかったら、ちょっと困ります（笑）。

丸谷　実はもう一つ、僕が不思議でならなかった謎があるんです。

それは、「日本の小説は、なぜこんなに景気が悪いことばかり扱うんだろう」ということでした。

たとえば志賀直哉の小説――短篇じゃなくて、長篇小説についてですよ――、ことに『和解』とか『或る男、其姉の死』とか、ああいうものを読むと、ゲンナリしてしまうんだなあ。この男が父親と喧嘩しようが、しまいが、僕にはどうでもいいという気持になってくる。なぜ父親と喧嘩しなければならないかということも、さっぱりわからない。ところがそれが、すごく大事なことのように扱われている。『或る男、其姉の死』なんていうのは、ただ陰気なだけでしょう。『網走まで』というのは短篇小説だけれど、あれになると、ほんとにいやなことを書いて相手を不快にするという精神で書いてある（笑）。読み終って、ただいやな思いをした、ということを覚えています。

どうやら日本の小説というものは、ただいやなことを書く、読んでいて不愉快になることを書くということが大事なことらしい。読者に対して嫌がらせをするように書けば、文学的だということになるらしい、と。

正宗白鳥の初期の小説なんていうのは、嫌がらせの精神そのものでしょう（笑）。いかに読者を不快にさせるかということを懸命に心がけたとしか思えない。それが傑作であり、小説のお手本とされている。僕はほんとうに不思議だったなあ。

その点、西洋の小説は違いますね。もちろんときには、もっと暗いこと、もっといやなことを書く場合もあるけれども、文学全体の調子が、嫌がらせ的でないという感じがした。どうして日本の小説は、西洋の小説とこんなに違うんだろう、と。

でもね、この疑問も、あまり大っぴらに言うわけにはいかなかった。だって、志賀直哉といえば、当時は「小説の神様」ですからね。東北の田舎町の中学生が、「つまらない」なんて言えないよ（笑）。

——当時、丸谷さんはどんな本をお読みになっていたんですか。図書館はそういった始末だし、自分で本屋でお買いになっていたんですか？

丸谷　それしかないですね。あとは、人から借りたりしてね。でも、借りるったってね、なにしろ大した本がある町じゃなかった。

——その頃、たとえば日本の小説でどんなものをお読みになっていたんですか？

丸谷　日本の小説では、僕は横光利一の『寝園』という小説は好きでした。これは非常に西洋ふうの小説ですよね。長篇小説としてうまくできてる。日本の小説では例外的なものですね。それから夏目漱石の『三四郎』がよかった。

——西洋の小説で、とりわけ強い影響を与えられたものはありましたか？

丸谷　そうだなあ。なにしろまだ中学生だから、岩波文庫の赤帯とか、世界文学全集の類を、漫然と読んでましたからね。

そうね、岩波文庫で出た阿部知二訳のシェイクスピア『お気に召すまま』が好きでした。あれについては変な話があります。“From the east to western Ind, / No jewel is like Rosalind.”という小唄の文句が「東インドや西インド／その名も高きロザリンド」と訳してあるんだけど、僕はいまでも地下鉄の東銀座の駅に降りると、頭のなかで、「東銀座や西銀座」という文句が浮ぶ。「銀座」と韻を踏む女名前がないのが残念だな（笑）。

——時代は次第に重苦しくなって行くし、心の中には人に言えない疑問を抱えている。あんまり明るい少年時代ではありませんね。

丸谷　二つの謎はたいへん大きく自分の前にのしかかっていましたね。もちろん、なんとかしてそれを解きたい、解けたらいいなあという気持はある。しかし、一体どうすれば解けるのかはわからなかったし、いつ解けるのかという見通しもなかった。

つまり第一問に関して言うと、「どうもこの戦争で自分は死ぬらしいなあ」という気持がかなりあったわけですね。兵隊には行きたくないけれども、しかしたぶん兵隊に取られるだろう。それで結局謎はわからないままに死ぬんだろうなあという予感というか、漠然とした見通しを持って生きていたような気がしますね。

第二の問題は、これはもうぜんぜん解けるはずもない、そんな気持でいましたね。ひょっとしたら僕が文学的に幼いから、こんなことを考えるのかなあという不安もチラリとありました。しかも、そんな疑問に答えてくれそうな人は、周囲には誰もいなかった。あのころ日本中を探したって誰もいなかったでしょうけどね。

とにかくこの二つの謎があって、解けたらいいなとは思うけれども、解ける見込みがあるとも思わない。そういう重圧をいつも——いつもと言いながらしょっちゅうではないわけだけれども——底流として感じながら少年時代を送ったわけです。それが、僕の人生の基本的な条件だったんじゃないでしょうか。

読んではいけない本を乱読する

丸谷　もう一つ、僕の置かれていた時代的環境について言えば——これはさっきお話しした「遊び心」という問題と結びつくんですが——、なにしろあの昭和十年代の日本というのは、実に真面目くさった時代でした。大正時代から昭和初年、満州事変のころまでの日本には、まだおおらかさというか、ゆとりのようなものがあった。それと違って、ひどくくそ真面目な、偽善的な風潮の時代でした。

中学一年生か二年生のとき芥川龍之介の『侏儒の言葉』を読んで、大正天皇についての当てこすりや軍人に対する皮肉に出会ったとき、僕が衝撃を受けたのは、ついこのあいだまではこんなに自由だったのかということでした。芥川の警句の内容それ自体ではなかったような気がします。警句そのものはあまり面白くなかった。

しかも、自分の頭でものを考えるということを抑圧した時代でした。何も考えさせまい、考えることを禁止するという風潮が極めて強かったんですね。だから、本を読むのも禁止。ぜんぜんダメというのではないけれど、奨励されない時代だった。本を読めば、誰だって、何らかのことは考えるわけですね。ところが、ほら「本を読むと赤くなる」

とか、そういうことを平気で言ってたわけだから。

最近よく「活字離れを憂える」なんて言うでしょう。まるで、昔の日本人はずいぶん本を読んでいるような感じだけど、僕は、「噓つくのもいい加減にしろ」と言いたくなるんですよ。ついこのあいだ――五十年前まで、本を読むことをあんなに禁止してたじゃないか、と。

「本を読むとロクな人間にならない」「本を読むことは悪いことだ」というのが、僕の十代だった。

――その雰囲気は戦後まで残ってましたね。

丸谷　ここからは余談です。

以前、ある新聞社から、読書週間の広告企画で、本についての随筆を書いてほしいと頼まれたことがあったんです。そこで、僕はこんな原稿を書いた。

「戦前、入社試験や入学試験を受けるとき、愛読誌という欄に『中央公論』とか『改造』なんて書いちゃ、絶対にいけなかった。『文藝春秋』もやめたほうがいい。必ず『キング』と書けといわれた。他の三誌は総合雑誌で、そんなものを読んでる奴は危険思想の持主と疑われるおそれがある。ところが『キング』ならば無思想な雑誌だから危険はないというわけです。

そのくらい昔は本を読むことが奨励されなかったものであって、最近のように活字離れなんて憂えるのを見ると、いまの日本はどんなに高級になったかということがわかる」

と、そんな話でした。そしたら広告局の人がとんできて、

「これは講談社さん――『キング』は講談社発行でしたから――に対して失礼だから、載せるわけに行かない」と言うんですね。

「とっくに廃刊して、いまはないんだからいいじゃないか」

と言っても、ダメなの。結局載せなかった。そんなことがありました。

とにかくそのくらい、昔は本を読むことを嫌う時代だったわけですね。ほら、さっき言ったように、図書館が本を貸してくれないんだから（笑）。これは医者が診察をことわるようなものですよ。困るよ。

その最も典型的な例が、陸軍の学校でしょうね。幼年学校でも、士官学校でも、「教科書以外の本は、絶対に読んじゃいけない」と言われていた。

そんなわけで本を読まないまま育って、その分、決定的に世界が狭い、そして思考が浅薄な軍人たちが国政を預かったから、日本は滅んだんです。そういうことにくらべれば、いまの政治家、官僚は……、いや、やっぱり読んでないような気がするね（笑）。

――本を読んではならないと言われて、丸谷さんはどうなさったんですか。ご家庭でも、本は読めなかったんですか？

丸谷　いや、うちはずいぶん自由でしたね。僕はいろんなものを読んだけれども、こういうものを読んじゃいけないと禁止されたことはありませんでした。中学三年ぐらいのときには、永井荷風を読みあさってましたが、親父はそれも何も言わなかったなあ。

――荷風はお父さんの蔵書ですか。

丸谷　みんな僕が買ったんです。僕の親父は医者でしたが、別に本読みじゃない。家に全集ものであったのは「漱石全集」ぐらいかなあ。あとは「世界文学全集」の端本が二十冊ぐらいあったでしょうね。「世界美術全集」の端本とか。その他には、マルクシズム関係のものや哲学書などが少しあった。それから小説本――横光利一とか、林芙美子とか、その頃の流行作家のものですね。あれは上の姉が買ったんじゃないか――そういうものが五、六冊あった程度で、大したもんじゃない。でも雰囲気としてはリベラルな家だったでしょうね。

そうそう、いま思い出したから、付け加えておきます。

二つの謎ということを申し上げましたね。この内、第一の「なぜ日本はこんな戦争をやるのか」という疑問については、解答のヒントのようなものが手に入ったかな、と思ったことがあったんです。

フレイザーの『サイキス・タスク』という本、これは訳が一九三九年の六月十五日に出ている。永橋卓介さんという方の訳でした。昭和十四年だから、僕が中学二年生のときですね。中学生になると、岩波文庫の新刊には気をつけてましたから、出たのをすぐに買って読んだんですね。

読み終って、「ああ、なるほど。国王崇拝というのは原住民の信仰なんだなあ」と思って納得したことを、いまでも覚えている。つまり「現代日本人というのは、原住民と同じなんだなあ。原住民の信仰みたいなものを利用して、軍人が威張っているのがいまの日本の社会の構造なんだ」と思って、それが昭和十年代の僕の心の支えのようになっていた。

たしか一冊二十銭か四十銭だったと思います。一円にもならない安い本で心の支えになったんだから、あんなにありがたい効率のいい読書はなかった（笑）。

ところがこれには後日譚があるんですね。

戦後になって、何かの折に、訳者の永橋さんが柳田國男先生の思い出を書いた文章が目に止まった。その中で永橋さんは、こんなことを書いてました。

戦前に柳田先生のところへ行って、『金枝篇』を訳したいと言ったら、一喝された。「あれは訳してはいけない」と。なぜですかと言ったら、「とにかくあれは危険である。いけない」と言う。おそらく皇室にかかわることが書いてあるからいけないんだろうと思って、「じゃあ『サイキス・タスク』はどうですか」と聞いたら、「あれならいいだろう」と言われた。たぶん『サイキス・タスク』は日本の天皇に触れてないからいいと言ったのだろう、と。

僕はそれを読んでびっくりしてね。僕はたしか『サイキス・タスク』を読んで天皇制のことがわかったと思ったのに、と狐につまれたような気持がしたんです。

そう思っているうちに、『サイキス・タスク』の三刷か四刷が出て、懐かしくて読んでみたんです。ところが、読もうとして、読めないのね。あんまり翻訳が悪くて、頭に入らない（笑）。

このむずかしい本を僕は中学二年生のときに読んで、感銘を受けて、生きる支えにしていた。それを思うと、自分の健気さに打たれて、変な感動を覚えました。きっと、よっぽど夢中だったんだね。だから一念岩をも通すみたいなもんで、読み通すことができたし、それに直接には書いてない天皇信仰のことがわかったんでしょうね。

――中学生でフレイザーまで読んでいたとは驚きです。丸谷さんには、「本を読むな」というのは、何の効果もなかったわけだ。

丸谷　ただ、もう一つ鬱陶《うっとう》しかったことがあったんです。「本を読むな」とペアになっていたのが、「暗記せよ」ということでした。「勅語」とか、「生徒心得」といったものを、ただやみくもに暗記する。筆写する。そういうことをさせた。「教育勅語」など、昭和二十年までのあいだに、僕は何べん書かされたかわかりませんよ。

わが鶴岡中学にSという校長がいましてね。この校長が実につまらない男だった。東大文学部西洋史学科出身ですが、僕はあの校長のせいで、「東京大学というのはダメな大学だなあ」ということを、中学生にして知った。

近頃、東大法学部の評判がひどく悪くて、「文学部はそれにくらべれば」なんてことを言われてますが、あれはぜんぜん間違いですね。東大文学部というのが、これまたひどいのが多いんだ――後年、僕も行くことになるわけだけどね（笑）。

その西洋史を出たS校長が、「山形県立鶴岡中学校生徒心得」という五箇条の文章をつくったんですね。これが読むにたえない駄文。

修身の教師がTといって――そういえばこの男も東大文学部倫理学科出身だったなあ――、校長のゴマすりばかりやっている男だった。修身の時間に、しきりに「生徒心得を暗記しろ」と言うんです。

同級生たちは、「試験に出る」と言って、一生懸命覚えるんですね。僕も、試験のためなら仕方ないかな、という気持も少しはあったけれど、あまりの駄文で、さっぱり頭に入らない。「まさかこんなくだらないものが試験に出るはずはないだろう」と思うことにしました。

そうしたら、これが出たんです。しかも問題はその一問だけ。僕はぜんぜん覚えてないんだから、何も書けませんよ。でも、白紙を出すのはまずいんじゃないかと思って、自分なりの「生徒心得五箇条」を創作して書いた。

僕としては、ずいぶん妥協したつもりだったんです。校長のガチガチの精神主義を和らげて、文章もせめて読めるようなものにしようと苦労した。もちろん危険思想のようなことはまったく排除したしね。ただどうしたって、僕の地である浮華文弱《ふかぶんじやく》の精神が混ざってしまうんですね。

後でものすごく怒られてね（笑）。「真人間になれ」とTに怒鳴りつけられた。あれは犯罪者に対する叱り方でしたね。

あの頃は、「軍人勅諭」や「教育勅語」を丸暗記して書くとか、剣道場に額に入れて飾ってある「剣の道は何とかなり」といった文章を覚えて、それを剣道の試験のときに書くとか。そんなことがむやみに流行《はや》ったんです。精神教育と称していたけれども、あれはつまり富国強兵の具体的な方策が何もなかったから、ああいう呪文によって間に合せていたわけね、結局。

——丸谷さんにとっては、ずいぶん生きにくい時代だったでしょうね。

丸谷　でも逆に、そういう「大真面目、バカ真面目、くそ真面目」への反発があって、僕の遊び心が養われたということはあるでしょう。そのせいでいま、戯文的随筆を書くのが好き、滑稽小説、喜劇小説を書きたいという気持があるような気がしますね。

これも余談だけれど、S校長には、そのあともひどい目にあった。

中学を卒業した後、旧制高校の試験に落ちて、僕は東京の予備校に入るんです。時局柄、当時の旧制高校は理科の人数を増やして、文科はどんどん縮小されていた。理科は二百人ぐらいとるのに、文科はたった一クラス、三十人ぐらいしかとらない。しかし、こちらとしては文学をやると心に決めてましたから、理科を受けるつもりなどない。そのとき、わが鶴岡中学においては、校長が全校生徒を集めてこう言ったというんですね。

「丸谷のごときは東京において浪人生活を送りながら、相変らず理科を受けるつもりはなくて、文科を受けると言っているという噂である。こういう態度は非国民の態度である」（笑）。

そういった鬱陶しい学校、鬱陶しい時代の中で、僕は生きて、考えていたわけです。

もっとも鶴岡中学だって立派な先生はいましたよ。英語の菊池安郎先生、この方は東大の英文科を出た方ですが、よくできる先生で、教養人でした。それから図画の地主悌助先生、後年、新潮社の日本芸術大賞の受賞者になった方ですが、偉い画家で、人格者で、鶴岡の士族文化の一番いい所を継承している先生でした。

わが鶴岡——ただしお国自慢にあらず

——少年時代を送られた鶴岡の町について、聞かせてください。とても古風ないい町ですよね。

丸谷 鶴岡という町に旅行した人たちはみんな、「古風で、純朴で、趣味がよくて、いい町ですね」と褒めてくれるんです。それはその通りだと思うし、褒められると嬉しいけれども、しかしまあ旅行者であるのと、そこで育つのとはまた違うんですね（笑）。

鶴岡という町は、庄内藩酒井家の城下町だから、徹底的な士族支配の町なんですね。しかも、戊辰《ぼしん》戦争のとき、庄内藩は奥羽越列藩同盟の一員として薩長と戦い、負けてしまった。

ですから明治になってからも、士族たちは、中央集権的明治政府に対して反抗して、旧藩内だけで閉鎖的な社会をつくって、それを壟断《ろうだん》しようとした。まったく時代錯誤的な社会をつくったわけです。

これは、明治政府にも責任がある。殿様の息子が、明治になってドイツに留学するんです。何を勉強したのか知らないけれど、四年か五年か、かなり長く留学して、本人は帰国して大いに国事につくそうと張り切っていたらしい。ところが、明治政府にぜんぜん相手にされなかった。それで憤激のあまり鶴岡に閉じこもってしまった。

菅実秀《すげさねひで》という元の家老がこの扱いに怒りましてね、——鶴岡では普通スゲジッシュウと言うんだけど——明治政府なにするものぞと、庄内モンロー主義的な体制をつくりあげた。幸い、庄内の米どころを控え、財政的には豊かな土地でしたから、米穀倉庫をつくり、銀行を設立して、士族の子弟はそこに入れる。あるいは学校の先生にして、彼らを食わせる体制をつくった。士族の子弟は、東京の学校に行かせる必要はない、というようなたいへん閉鎖的な社会で、そのために、町の気風は完全に澱《よど》み、良く言えば保守的、悪く言えば退嬰《たいえい》的、そういう町ができ上がってしまったんです。

——庄内藩というのは、藤沢周平さんの例の海坂《うなさか》藩のモデルですね。

丸谷　そうです。あれで両翻《リャンハン》か三翻《サンハン》ついた（笑）。

明治維新までの鶴岡という町は、ずいぶん程度が高い町だったと思うんですよ。経済的に豊かだったということももちろんあるけれども、それだけじゃなくて、精神のあり方が違っていた。生き生きしていた。

たとえば、鶴岡は、江戸から明治にかけて、全国に誇ることのできる二冊の名著を生んでいます。

一つは、元禄時代に書かれた『徂徠先生答問録』。これは、鶴岡の侍である水野弥兵衛と疋田族《ひきだやから》の二人が、荻生徂徠《おぎゅうそらい》に質問状を出して、それに徂徠が答えたものをまとめた本です。漢文じゃないから読みやすいし、徂徠のものの考え方がとてもよくわかる素晴らしい本です。ずいぶんいろんな質問をしてるんだけど、それが実にいいんだなあ。

たとえば、「私は母がお寺参りするのを禁じました」なんてことを誇らしげに書いてるんです。すると徂徠先生は、

「そういうことをするのは無用である。お寺参りはさせるほうがいい。仏教なんてものは力のないくだらないものだから、何をしようと害にはならない。孔子も、人間は何もしないでいるよりは、博打であろうと何かするほうがいいと言っている」(笑)

と、小気味のいいことを答えるんですね。

薄い本ですが、徂徠のエッセンスがつまっている。読んでいて、荻生徂徠その人と直接会って話を聞くような、気持のいい本です。

もう一冊は、先に名前が出た家老の菅実秀が、明治になってから鹿児島に逼塞《ひっそく》していた西郷隆盛を訪ね、話を聞いてまとめた『南洲翁遺訓』。僕は、西郷隆盛は敬して遠ざけるほうですから読んだことはないけれども、西郷隆盛がとてもよくわかるいい本だそうです。

この二冊の本には共通する態度があって、いずれも当時第一級の人物のところに行っ

て、わかりやすく話をしてもらい、それを天下に広めようという本なんです。つまり、インタビュー。極めてジャーナリスティックな態度で書かれた本であった。しかも、徂徠と西郷隆盛という二人を選んだセンスが抜群でしょう。

司馬遼太郎さんにこの話をしたら、

「江戸三百年間でその二人を選ぶのは、まさしく急所をピタリと押えたものであって、素晴らしい勘のよさだ」

と言って、僕を喜ばせてくれたことがありました。

つまり、江戸時代における最高のジャーナリスティックな精神が、東北の庄内藩、鶴岡にはあったわけですよ。他の土地でそういったことをやったところはなかったんじゃないか。

ところが、そのあとがよくなかった。菅実秀という男は、たしかに名著を残したが、その罪はもっと大きいと言わざるをえない。なまじ才気があり、経済的にも豊かな土地だったために、極めて閉鎖的な庄内独立国をつくり上げてしまったわけです。

そういうどんより澱んだ、保守的な町に育ったもんだから、僕は、自由にものを考えるということにたいへん憧れたわけですね。それやこれや、いろいろなことが重なって、新しいことを考える人間に対する敬愛の念を強く抱くようになりました。大勢を占める意見に対して同調しないで、異を唱える人を、偉いなあと思うようになったんです。

あ、もう一つ、これもぜひ言っておきたい。

明治維新以前の鶴岡がどんなに素晴らしい町であったか、文化的に程度が高かったかという話の続きです。

「近世文藝叢書」の中に、江戸時代の日本各地の俗謡や俚謡《りよう》を集めた一巻があるんですね。それをパラパラめくって行って驚いた。『小唄のちまた』という名古屋の流行唄集の次に『庄内鶴岡盆踊文句集』があるんですよ。

僕は心配してねえ。名古屋と言えば日本一の藝どころでしょう。そのすぐあとに鶴岡の盆踊りじゃあ、差がつくなあ、みっともないなあ、どうしてこんなものを引っ張り出してきて載せたんだろう、と本気で心配した。

しかし、読んでみて、またびっくりしたんです。これが程度が高い。鶴岡の盆踊小唄は名古屋の俗謡を段違いに凌駕《りょうが》していた。

どうせ丸谷のお国自慢だとお思いでしょうが、それは次の唄を読んでから言っていただきたい。

たとえば、鶴岡の紙漉《かみすき》町という町の盆踊唄、『これもどうけの百人一首』。

秋の田の刈穂のいほをぬけ出で、、
しばし気晴らししたまへば、朕も一つやって見やうか

はるの間　若葉わからぬむかし風、
いまの浮世は浮れ節、
春すぎて夏の夕立ふれば晴、
衣干したり濡したり、
お隣の天皇さまに詠まれたり、
サッサコラ〱　うそで丸めて盆をどり

どうです。程度高いでしょう。「朕も一つやって見やうか」もしゃれてるし、「衣干したり濡したり、お隣の天皇さまに詠まれたり」というのは、もう参ったって言うしかないくらいですよ。きっと、江戸詰めでさんざん遊んだ侍が、鶴岡に帰って暇で仕方がなくて、退屈しのぎにつくったんだろうなあ。このくらい江戸時代の鶴岡の町は立派だったんですよ（笑）。こういう盆踊唄を作詞してお礼に酒を一升もらったりする海坂藩の侍のことを、藤沢周平さんが書いてくれたらよかったのにね。惜しいことをした。

俗説を覆す言論に喝采

――さて、そういう立派な町で育たれて、「大勢を占める意見に対して同調しない、異を唱える人を尊敬する人間」になったということですが、戦前、何か特に記憶に残っていることはありますか。

丸谷 二・二六事件の翌年、昭和十二年に、議会で「腹切り問答」というのがありました。浜田国松という代議士が軍部の横暴を批判したことに、時の寺内寿一陸相が「軍人に対する侮辱である」と反発した。浜田代議士は、「僕が軍隊を侮辱した言葉があったら割腹して君に謝する。なかったら君割腹せよ」と一歩も引かなかった。それから斎藤隆夫という代議士が昭和十五年に、支那事変の処理の仕方について議会で質問して除名された。

子供心に、「こんなことが堂々と言える人は偉いもんだなあ」と感心したのを覚えています。もちろんそんなこと、誰にも言いませんよ。

こういった、大勢の人が言っていることと違うことを言う、他の人とは違う考え方をする人に共感するという性癖は、その頃から現在まで、僕の中でずっと続いてるんですね。

戦後になってからも、たとえば八海事件というのがありましたね。正木ひろし弁護士が、被告たちの冤罪を法廷で訴えて、ついに無罪を勝ち取った。正木さんご自身が、その経緯を本に書いていますが、僕はたいへん尊敬の念をもってこの本を読みました。

特に言論でもって権威と争い、通説、俗説を覆《くつがえ》すというところに喝采《かっさい》を送ったんです。

後年、大岡昇平さんの作品をずっと読んでいったとき、あの人にも裁判の小説があるんですね。少年の殺人事件を裁く裁判を描いた『事件』。もう一つ、戦時中の捕虜虐待の罪で処刑された岡田資《たすく》中将の戦犯裁判を扱った『ながい旅』。これにも感心しましたね。

一体に大岡さんの書くものには、言論によって戦う人を主人公にするという、そういう姿勢があるんですね。僕は、そういうところが非常に興味がありました。

裁判と言えば、狭山事件というのもある。僕は、署名運動といったものはすべておことわりすることにしてますが、これだけは協力して、再審請求運動に署名したんです。

というのは、事件について、国語学者の大野晋さんが立てた説に感服したからなんです。検察側は、犯人の送った脅迫状は被告が書いたものと断定し、それが有罪の決め手ともなっていた。ところが大野さんは、脅迫状と、被告が書いた文章を国語学的に緻密に比較して、「脅迫状を被告が書いた可能性はない」という結論に達した。これは説得力がありましたね。それを読んで、まったく感心して、署名したんです。そのとき「文藝春秋」で大野さんと対談しました。大野さんの発言が過激でねえ。編集長の田中健五さんがビクビクしていた記憶があります（笑）。

――大野さんには、「日本語タミル語語源説」というのもありました。

丸谷　そうそう。これも発表当時、学界や、世間からずいぶん批判された。でも、僕はどうも、この説は当っているような気がするんだなあ。

タミル語について、まったく知らない僕がこんなことを言うと奇妙に思われるかもしれません。ただ、大野さんの説を読むと、単語の意味だけではなく、微妙な語感までがうまく対応しているように思うんですね。

タミル語に“avalam”という言葉があって、これが日本語の「あはれ」の語源なのだそうです。日本語の「あはれ」というのは、英語でいえば“suffering”とか“pain”で、受身の苦しみという感じが含まれます。聖徳太子の歌った「飯《いひ》に飢《ゑ》て臥《こや》せるその旅《た》人《ひと》あはれ」なんか典型的ですね。単なる「おう」とか「ああ」とかいう感嘆詞じゃなく、受苦という語感がある。ところがタミル語の“avalam”に、それとまったく同じ意味があるんだそうです。

一体に大野さんの挙げるタミル語の語感は、現代日本語ではなく、日本の古語と実によく対応している。僕は王朝和歌をいろいろ読んできましたが、そこに感じる語感とうまく一致するんですね。

ところが大野さんの説に対して反対する人たちの意見を読んでいると、この人たちは王朝和歌的語感がない人たちだなあという感じがするんですね。現代日本語と古代タミル語といきなり対応させて、どうのこうのと言ってるような気がする。

反対派は、大野さんのことを「インド・ヨーロッパ比較言語学の素人」といった攻撃の仕方をします。しかし、ああいう資格論は僕はおかしいと思う。問題は、日本語とタミル語の比較ですから、資格の持主といえば、第一にタミル語の現代語、そして古代語ができること。それから日本語の古代語もできること、だと思うんです。さらに、日本語周辺の言葉——蒙古語とか、朝鮮語もできなきゃならない。そういう人は、そうたくさんいるはずはない。大野さんは、数少ない一人でしょう。

タミル語に詳しい人は他にもいるでしょうが、その人たちははたして丸谷程度にすら古い日本語を知っているんだろうか？　少なくとも僕は八代集つまり『古今』から『新古今』までの和歌はかなり読んだつもりなんだけれども、その程度に古い日本語の語感を彼らは知っているのかしら、という疑問があるんですね。

――どうも丸谷さんは、異論を喜んで、それに肩入れする、という傾向がありそうですね。


丸谷　これは最近、形勢が悪いようだけれど、戦後しばらくして出てきた江上波夫先生の「騎馬民族説」なんかも、初めて読んだときは、興奮しましたね。たしかにいろいろ問題はあると思いますよ。でも、ああいった大胆な仮説を立てて、それによっていろいろ論じ合うということは極めて大事なことなんですね。あれによって日本史学の戦後が始まったという感じは強くありました。そういう意味で、功績は大いに認めるべきだと思うんです。

それから、樋口芳麻呂さんの、「定家撰百人一首説」。もともと『百人一首』は定家撰と伝えられてきたわけだけど、明治以後、学問の世界ではそれが俗説として退けられていた。

これは、承久《じようきゆう》の乱で流罪となった後鳥羽院、順徳院の歌が、なぜ定家撰の勅撰集『新勅撰』には入ってなくて『百人一首』に入っているのかというミステリーのような話がからんで、非常におもしろい議論なんですが、樋口さんはそれを実にうまく説明して、「やはり定家撰である」という結論に達した。これにはかなり説得力があって、どうも僕はほんとうらしいなと思っているんです。

樋口さんの論文は重厚な実證的なものですが、まるで謎解きみたいでね。いわゆる黄金時代の探偵小説のような感じ。僕がいつかそう言ったら、「実は一時、ハヤカワ・ミステリばかり読んでいた」という打明け話をなさったことがありました。こんなに熱中しては勉強ができなくなると思って、やめたんですって。それが学風に出てくる。おもしろいね（笑）。

「歴史的仮名づかい論争」というのもありました。これはまず福田恆存さんが、新仮名づかいに反対する論陣を張った。あれも感心しました――というのは言うまでもないことで、僕はいまでも文章を書くときは、歴史的仮名づかいを使ってます。

ただ、残念なことに、福田さんはあのとき、運動の仕方を間違えたんじゃないのかなあ。

歴史的仮名づかいの問題がかまびすしくなったとき、三島由紀夫さんがこんなことを、どこかの雑誌に発表した。

「歴史的仮名づかいを言う場合、大和ことばの仮名づかいだけを歴史的にするだけでは間違いである。漢語の読みである字音仮名づかいも、昔通りのままでやらなければいけない」

僕は、これを読んだとき、暴論だなと思ったんです。

つまり、そのやり方によれば、蝶々は「チヨウチヨウ」ではなく「テフテフ」と書かなくてはならなくなる。「会長」は「クワイチヤウ」、「元来」は「グワンライ」。これはどう考えても無理がある。僕は、「言う」「言わない」は「言ふ」「言はない」と書くが、蝶々は「チヨウチヨウ」とするほうが、ずっと合理的だと思うんですね。

そもそも、「テフ」という表記は、古代中国語の発音を写したものです。「蝶」の tieh という音を「テフ」と律儀に移して tefu と発音していたのが、やがて tefu → teu → chō と発音するようになったわけですね。

これを英語からの借用語の場合にたとえれば、元の綴りが "radio" だから「ヂ」にして「ラヂオ」と書くのと同じようなものなのです。"rhythm" は th 音であるから、「ス」に濁点ではなく「ツ」に濁点で、「リヅム」。これは単に、外来語の音や綴りに対して義理立てする態度であって、日本語の表記としては意味がないし、無理がありますよ。

「歴史的仮名づかい」に対して有力な反対論を唱えたのが、吉川幸次郎さんでした。ところが吉川さんの反対論は、ほとんど字音仮名づかいに対する批判なんですね。世間一般の人だって、「ちようちよう」を「てふてふ」と書けと言われれば、いやになっちゃいますよ。だから、字音は現代仮名づかいで表記するということにしておけば、歴史的仮名づかいが定着した可能性は大いにあった。

ところがその翌月だったか、福田さんは、「三島さんの言っていることは、その通りである」と言って賛成し、それから、「漢字で書けばみんな隠れてしまうんだから問題はない」と、言いわけみたいなことを書いた。

なぜ福田さんは、三島由紀夫説をすぐに受け入れてしまったんだろうか？　それは、あらゆる運動において、より過激な論調を出したほうが強いんですね。優勢になる。過激な論、青年将校的な言辞に対しては、つい「その通りだ」と言いたくなるものなんです。左翼は小児病に対して弱いし、右翼は直接行動に対して弱い。そのときにちょっと待ったと歯止めをかけるのはたいへんな勇気を要することなんですね。乱暴なことを言うほうがカッコいいからな。

福田恆存さんにしてなお、仮名づかい小児病に対しては屈伏せざるをえなかった。これが残念なんだなあ。福田さんが、ああいう守旧派的態度をとらないで、柔軟な態度で臨んでいれば、歴史的仮名づかいはもう少しなんとかなったはずです。あれは福田さんが国語問題で犯した大きな間違いだったと思いますね。

いつだったか、福田さんと日本語問題を論じたときに、「なんと言っても新仮名づかい論者が精神的拠り所とするのは、吉川幸次郎さんの意見ですよ。吉川さんの意見を徹底的に批判することをなさらなければダメです」と、僕は言ったことがあるんだ。そしたら福田さんが急にへなへなとなって、「しかしねえ、僕は吉川さんからいつも本をもらってるしねえ」。あまりばかばかしい返事なんで、僕はもう言うのをやめちゃったんだけど（笑）。

——それをうかがうと、自分自身のオリジナルな考えを保つことがいかにむずかしいかがわかりますね。

しかし、そもそも何がオリジナルなのかという問題もある。世の中には、数えきれないほどの本、ありとあらゆる説が流布されています。自分の説がほんとうに独創的なものなのか、ひょっとして過去に同じようなことを言った人がいなかったのか。それを見極めるのは、とてもむずかしいことではないですか？

丸谷　ことに『万葉集』とか『源氏物語』とか、あるいはシェイクスピアを論じるときは、それについて書かれた論文は数えきれないほどありますからね。

僕自身だって、ときにはそういうことがありますよ。

『後鳥羽院』の中で僕は、後鳥羽院が刀鍛冶を召して、自分でも刀を打ったのは、平家の滅亡とともに三種の神器の一つである刀が海に沈んでしまったために、後鳥羽院は神器である刀なしに即位した天皇であって、そのため刀に対するコンプレックスがあったからだ、と書きました。

そうしたら、「大波小波」で、ひどく叩かれた。似たようなことを以前、花田清輝が『小説平家』という作品で書いているというんです。匿名コラムだけど、文章がいかにも花田清輝ふうでね。彼は当時、「大波小波」の執筆者の一人でもあったから、きっと本人が書いたに違いない（笑）。ずいぶん怒ってるな、と思いましたが、僕はその作品は読んでいなかった。いかにも花田さんが言いそうな説だから、もっと気をつけておけばよかったんですが、全部に目を通すわけにもいかないでしょう。

それに、僕がそういう説を言うことも、僕のそれまでの方法と照らして、筋は通っているわけです。アプローチの方法、発想の方法に筋が通っていれば、結論が似たようなものになっても、すぐに盗作だと咎《とが》めることはできないと思うんです。問題は、発想がその人の思考の型からほんとうに生れたものかどうか、というところではないでしょうか。

もう一つ、僕の『文章読本』という本でも、こんなことがありました。

あの中で僕は、谷崎潤一郎の『文章読本』の中に、「文法にとらわれないで書け」とあることを論じて、この文法とは、日本語の文法ではなくて、英文法のことを指しているのである、と書きました。

ずいぶん経ってから、ハッと思い出したんです。この説は、何かの席で中村真一郎さんが僕に話をしたものだったと。僕はそれを忘れて、まるで自分の発見のようにして『文章読本』の中で書いてしまった。そのことは、後で随筆に書きましたけどね。

――たしかに、偶然、同じ結論を導き出すということもあるでしょうし、チラリと聞いて頭の隅にあったことが、いつの間にか自分の説になっているということもありますね。

丸谷　質《たち》が悪いのは、国文学者ですよ（笑）。

西洋では、人の意見を紹介するときにクレジットをつけることが風習になっているでしょう。ところが、日本にはそういう風習がない。他人の意見を引っ張ってきて本を書いても、クレジットなどつけないのが当り前。誰かが新しい説を打ち出しても、それに対して賛成だとか反対だとか言わずに何年もほうっておいて、三年とか五年経って、どうもいいらしいぞとなると、こんどはそれをさも自分の意見のように言う。それがだいたい国文学者の伝統というのか、習癖のようですね(笑)。もちろん例外の人はいますけどね。

少なくとも僕は、それが他人の説とわかっていれば、必ずクレジットはつけますよ。

「白玉クリームあんみつ」を排す

——先ほど、丸谷さんが感心したいろんな新説を挙げていただきました。これを見ると、何か共通点がありそうですね。

丸谷 それは、どれもイデオロギー論的じゃないものに感動しているということじゃないかな。どうも、僕の感銘の受け方に共通するものとして、中正で、実證的な、健全な立場で論じたものを好み、イデオロギー的なものは反発するという傾向がある。

だから、立花隆さんの『田中角栄研究――その金脈と人脈』や『日本共産党の研究』も、僕はとてもおもしろかったんです。あれも決してイデオロギー的ではないでしょう。世間一般が「どうも変だなあ」と思いながら何も言わなかったことを、実に痛快に言った。でも、その言い方は、決してイデオロギーではなく、論理的、実證的であった。それが僕は立派だと思うんです。

――しかし、日本ではついこのあいだまで、実りのないイデオロギー論争が全盛だったような気がします。

丸谷　僕は一体にね、日本の昭和時代の思想というものは、マルクシズムに振り回されすぎてきたという気がするんです。昭和思想史といった種類の本がいくつもあるけれども、どれもマルクシズムに対して不当に力点を置いている。

昭和という時代がそうであったんだと言われればそれまでですけれども、イデオロギー重視に対する批判的な視点がない。ですから、昭和批評史のようなものを考える場合でも、吉田健一さんのいる場所がなくなってしまうんです。中村真一郎さんもいる所がなくなる。一体に昭和時代の日本人は、マルクシズムを重視しすぎて、そのために大きな損失を被《こうむ》ったんじゃないかなあ。

戦前の日本の知識青年がこぞってマルクシズムにいかれてしまったのは、同情すべき点も多々あると思いますよ。あの軍人支配の国で、一体どうすればまともな社会になるかを考えれば、ついふらふらとマルクシズムに引かれる気持もわからぬではない。

しかし彼らは、マルクシズムをあまりに万能で安易な特効薬として尊重しすぎたんじゃないか。逆に、それに反対する人たちも、マルクシズムに対して反発するあまり、かえって過大な位置を与えすぎたんじゃないか。そんな感じが僕はするんですよ。マルクス主義というものは、所詮、いろんな政治思想の中の一分派にすぎないわけでしょう。ところが、それをあたかも人間の思想の中心に置くべき世界観のように思い、それに対して是か非かを言うことが思想について考えるすべてである、といった態度でありすぎたという気がするんですね。賛成するにせよ、反対するにせよ、どっちにしても買い被《かぶ》りじゃないのかなあ。

イギリス人なんか、マルクシズムをそんなに大したものだなんて、ちっとも考えてませんよ。そんなにマルクス主義が大切なら、左翼的文藝評論なんか書いてるより、ロシアのスパイになるほうが話は早い。そういうのがイギリスの知識人の考え方ですね。あるいは、政治思想としてはマルクシズムをとるとしても、文学、藝術その他においては、自分たちの趣味と美学をきちんと守る、それがイギリス人の態度です。

それならまだしもわかるんだなあ。ところが、日本の左翼知識人は、世界観全部、人生観全部をマルクシズムで律しないと納得しないでしょう。でも、世の中、そんなにすごいものがあるはずないよ。人間なんだもの、一人の頭でそんなに素晴らしいものを考えつくはずがないじゃないですか。

その点、イギリスの労働党左派系の週刊誌「ニュー・ステイツマン」というのは面白かったですね。いまはすっかりダメになりましたが、以前は一流誌で、これが毎号、政治経済をあつかう前半は左翼的、文学藝術をあつかう後半は唯美主義というのか、文学藝術の自律性を認めていて、まるで調子が違う。「双頭の鷲」なんて言われていましたが、あれだからよかったんですね。

たとえば、フランスの作家たちは、ジイドからサルトルにいたるまで、政治的関心をずいぶん持っていました。それは事実ですね。しかし、彼らの小説がおもしろいのは、決して彼らの政治的関心のせいではない。小説が小説そのものとしておもしろいからでしょう。ところが日本の文藝評論家および翻訳者たちは、彼らの政治思想を論じることだけに夢中になって、肝心の小説の地肌の良さとか、書き方の面白さといったことは何も言わなかった。これは実に幼稚で野蛮な態度ですね。

日本の評論家には、そんな政治中心的な考え方が染みついていて、同じ態度で日本の小説についても論じようとするから、肝心のところがまったく見えなくなっちゃう。それじゃあ、文藝評論は文藝評論でなくなってしまうという気が僕はするんですよ。

僕は性に合わないんだなあ。そんなことを考えて、何がおもしろいもんだろうかという気がする。

それは一つには、前に述べたように、昭和十年代に皇国史観的なものにゲンナリして、すっかりいやになったということが理由でしょうね。そして、まるでそのネガとポジのような感じで、戦後のマルクス主義的考え方、及びマルクス主義に過剰に反応する人たちに対する反発を感じるせいでしょうね。

僕のものの考え方に新味があるとするならば、一つには、そういった政治中心的な、つまりイデオロギー論的な把握というものを初めから避けている。そういうものに興味を感じないというところが大きいんじゃないでしょうか。

――それにしても、丸谷さんはそうした自由なものの見方、感じ方、考え方を、どうやって身につけられてきたんでしょうか？

丸谷　むずかしいな。性分ということもあるでしょうが、ちょうど僕が大学を出た頃から、イギリスの新聞雑誌が日本にたくさん入るようになりました。僕は文藝欄をわりによく読んで、イギリスの文藝ジャーナリストたちの論調、考え方を学んだ。その影響はあるでしょうね。

イギリスには、アマチュアリズムの伝統というものがあるんです。もっともアマチュアといっても、日本の素人とはまったく別の意味ですよ。

一番の典型が、シャーロック・ホームズなんです。シャーロック・ホームズはたいへんな名探偵であり、警視総監もかなわない。でも、それによって食べているわけじゃなくて、一流の知識人が、趣味として探偵をしているに過ぎない。

こういった態度がイギリス人のあらゆる知的行動の基本にあるんですね。文学の場合でもそうです。もちろん職業的文学者というものも存在するわけだけれども、その職業的文学者も、心がけとしてアマチュアであることを大事にしている。アマチュアがたまたま文学によって収入を得ている、知的な人間が素人藝として文学をする。しかし、その藝そのものは、シャーロック・ホームズと同じで、玄人以上である。それが大事なわけですね。

ダーウィンなんて人も、財産があるのをいいことにぶらぶらして、博物学、進化論はアマチュアとして研究したわけです。みんなそれと同じなんですよ。大学の先生が探偵小説を書く、それから大学の先生が詩を書く。チャーチルが『第二次大戦回顧録』を書けば、ちゃんと読める歴史書になる。それが健全な文学のありようなわけですね。

したがって、文学をするということは、反社会的行動ではないわけですね。文学者は社会と付き合って社会を書く。それがつまりイギリスふうの風俗小説というものであって、そのためにイギリスの小説にはユーモアがあるのが当り前のことになる。日本の文学のあり方とは、そこがまるっきり違う。

そして、もともとアマチュアだから、プロフェッショナルたちの申し合せを重んじる必要がないんですね。

——丸谷さんの、大胆かつ斬新な発想の根っこにも、そのイギリスふうアマチュアリズムがあるわけですね。

丸谷　日本で言えば、吉田健一さんがまさにそうでしたね。

さっき言ったように、僕はイギリスの雑誌を読んで、イギリス人のアマチュアリズムのことを知ったわけだけど、吉田さんと付き合っていると、その実物がいるわけですよ。イギリスのアマチュアリズムの実物が前にいて「ケケケ」と笑って酒飲んでいるわけだから、とっても力強かった（笑）。

そういった先輩、友人の影響も、ずいぶんありますね。

僕は大学を出てから、英語教師をやっていて、桐朋学園の音楽科でも教えていたんです。このとき教えた中に小澤征爾さんがいるんだけど、彼に言わせると、「自分が英語ができなくて指揮者として難渋するのは、丸谷先生のせい」だってさ。半分くらい当ってるなあ（笑）。あ、これは余計な話。

桐朋学園は、調布の仙川にありまして、その帰りに吉田秀和さんと電車で乗り合せたことがありました。

おしゃべりをしてるうちに、僕がふと「現代日本というのは、非常に非文学的な国ですね」という話をしたんです。

そんなことを僕が言ったのは訳があって、少し前、西脇順三郎さんの随筆を読んでいたんですね。その中で、西脇さんは、随筆集のタイトルを最初『斜塔の迷信』としようと思ったと書いていた。そうしたら出版社から、「こんな題では困る、ぜんぜん売れない。別の題を考えてくれ」と言われて、さんざん考えた末に、『居酒屋の文学論』という題にしたというんです。居酒屋というのは、イギリスのパブって意味でしょうね。それにしたって、実にくだらない題だよね。第一、題を変えたって、もともと売れるはずはないんだよ(笑)。それなのに『斜塔の迷信』よりは『居酒屋の文学論』のほうが売れると出版社は思った。

「そういうところが実に非文学的な国なんですよ」

という話をしたんです。そうしたら吉田さんが、とても面白がってね。

「丸谷さん、それはなぜそういうことになるかわかる？」

「どういうことですか。わかりません」

「それは、現代日本文明が、レトリックを捨てた文明だからなんですよ」

これには、教えられたと思いました。

つまり、かつては日本にもレトリックというものがあったのに、明治維新でそれを捨て去ってしまった。なにしろ江戸後期はレトリックの飽和状態みたいなものだから、明治の人は江戸のレトリックを捨てたくて仕方がなかった。ついでにレトリックそのものを全部捨ててしまった。やがてそのせいで、『斜塔の迷信』という題はダメで、『居酒屋の文学論』ならばいいということになるわけです、と。僕は感心しましたね。

レトリックの話を少し続けますよ。日本文学研究の前田愛さんが亡くなる数年前、ちょうど僕が『忠臣蔵とは何か』を出した頃に、二人で対談をしたことがありました。終ってから一杯飲んだとき、前田さんがこんな話をしたんです。

あの人は立教で教えてましたから、女子学生たちに連れられて、甘味喫茶に行ったんだそうです。そこでメニューを見て、前田さんはあっけにとられた。品書きに、「白玉クリームあんみつ」だとか「氷クリームあんず」とかズラズラ書いてある。

つまり、昔の日本人ならば、「白玉クリームあんみつ」には比喩的に「夏の月」といった名前をつけたものでしょう。そういう風流な態度がごく当り前のことだった。それが、「白玉・クリーム・あんみつ」というふうに、ただ中に入っているものの名前を羅列的に並べて書く。「夏の月」と命名するような奥ゆかしさがまったくなくなって、ただ並列的、団子の串ざし的になっている。これが現代日本文化なんだなあと思ってびっくりしたというんですね。

フランスには、ほら、ペシュ・メルバっていうのがあるでしょう。英語でピーチ・メルバ。

メルバというのは世紀末のソプラノ歌手の名前ですね。彼女は、すぐりのジャムと、桃と、バニラアイスクリームが大好きだった。それを知っていたエスコフィエという当時の代表的な料理人が、その三つにキャラメルで和えたアーモンドを加えてつくったデザートがピーチ・メルバで、これは世紀末のデザートの大発明と言われている。ところが、これを現代日本文化的に言えば、「すぐりのジャム・桃・バニラアイスクリーム・キャラメル和えアーモンド」と、こうなるわけだよね（笑）。これでは「ピーチ・メルバ」という言葉の持つポエティックな喚起力がまったくない。ソプラノの美声と桃のイメージとの衝突による花やかな効果がない。ただ、散文的な写実性で説明している。それが現代日本文化というわけです。

そういう視点を、僕は一番最初、吉田さんに教わった。レトリックの欠如。言われてみれば当り前のことなんだけれども、これで行くと、われわれの文明の性格がたいへんよくわかるし、それからさらに現代生活の問題点が実によく心に迫る。

明治維新以前と以後との対比を考えると、これは右と左なんてことよりずっと大事だというのがわかります。

それ以後、吉田健一さん、吉田秀和さん、そして中村真一郎さん。年少の友人で言えば、大岡信さん、山崎正和さんなどなどから、文明論的な視点をいろいろ教わりました。文学を孤立させて、もっと大きな文脈から切り離して論じても何も出てこない。文学が機能したり生れてきたりする場を考慮に入れないと文学のほんとうの姿が見えてこない。

そういう事情がじわじわとわかってきたんです。これは文学以外のいろんなことについても言えることですね。つまり、イデオロギー中心的現代日本批評以外の視点がいかに重要であって、それによって現在われわれが生きている条件が新しい光を当てられるということを知ったんですね。

でも、いまの日本には、俗論がはびこってますね。

これは、政治的イデオロギー論者が大好きな論法ですが、たとえば「動機論的忖度《そんたく》」。「そういうことを考えるのは、きみがプチブル的意識から抜けてないからだ」といった論法。

あるいは道徳論的挑発。「誰それがそんなことを言うのは、倫理的に許せない」などといって、それを論旨の主眼にする論法。あるいは、読者の嫉妬や羨望の念という下等な感情に訴えてのアジテーション。

また、昭和二十年代に全盛であった――いまでもあるのかもしれない――世代論的なものの言い方。「結局、それが昭和一ケタ（明治生れ、大正生れ……）の限界なんだよ」といった無意味な決めつけですね。それから、陰謀史観。「すべてはCIAの（あるいはKGBの、モサドの……）陰謀だ」、そう言ってしまえば、歴史を考えるということは全部無意味になってしまう。

そういった実りのない、議論にならない議論は何も生み出さないことが明らかです。

考えてみると、僕は子供のころからその種の論法は虫が好かなかったな。そういう論法を避けて、いわば我流で考えつづけてきました。

レッスン2

私の考え方を励ましてくれた三人

その前に、吉田さんのことを少し

——それにしても、「人の考えないことを考える」というのは、言うは易く、実行するのは並大抵のことではないんじゃないか。まわりから「変なことばかり考える奴だ」と言われるだろうし、孤立もするでしょう。その丸谷さんの支えとなったのは何だったんでしょうか？

丸谷　僕の考え方を激励し、それでいいんだと安心を与えてくれた人が三人いるんです。それが中村真一郎さんであり、バフチンであり、山崎正和さんであった。今回はこの三人のことをお話ししたいと思います。

——アレッ、吉田健一さんは入らないんですか？　丸谷さんは吉田健一さんについて、ずいぶん言及されているし、前回の講義でも登場しました。

丸谷　もちろん吉田さんのことは尊敬しているし、教えられるところも多かったけれど、残念ながら直接お付き合いするようになったのが遅かったんですね。

じゃあ、三人の話に入る前に、まず吉田さんのことをお話しすることにしましょうか。

吉田さんに最初にお目にかかったのは、東京創元社の『ポオ全集』編纂《へんさん》のときだったと思います。

創元社の森和《もりかず》さんという女性編集者が全集の企画を立てて、僕のところにきたんです。相談役になってくれ。ついでに、監修者の一人になってくれって。

僕は、監修者の中に入らなくちゃいけないのなら、やらないと言ったんです。その代り、監修は吉田健一、福永武彦、佐伯彰一の三人に頼みなさいと。この三人なら、とっても立派な感じでしょう。僕が入らないほうが立派に見えるよと言って（笑）。

吉田さんとは、その全集の打ち合せで初めてお目にかかりました。たしか神楽坂の日本出版クラブだったと思います。

同席した創元社の役員が、「ここは幡随院《ばんずいいん》長兵衛を殺した旗本水野十郎左衛門の屋敷跡で、ビルを建てるときに土台を発掘したら徳利がいっぱい出てきたそうです。当時の旗本はずいぶんお酒を飲んだらしいですね」と言ったら、吉田さんがひどく喜んでたなあ（笑）。

――『ポオ全集』第一巻は、一九六三年に出てますから、その前と言えば、六〇年頃のことでしょうか。

丸谷　そうですね。その後、第一巻刊行のとき、宣伝のため何かの雑誌でポオについて対談をすることになって、またお目にかかる機会がありました。

ポオについて僕は、かねてから不思議に思ってたことがあって、その話をしました。というのは、だいたい探偵小説に出てくる探偵というものは、作者と同じ国の人間になるのが普通でしょう。アガサ・クリスティのポワロがベルギー人という例外はあるけれど、それ以外はみんな同国人ですよ。ところがポオの場合は、同国人でないばかりか、ポオが一度も行ったことのない、フランスのデュパンという男にした。このことについて僕がこんなことを言った。

「名探偵は最高の知性の人であるわけだから、その背後に文明がないと名探偵が成立しない。それに、そもそも探偵小説にふさわしい事件は、背後に文明がないと成立しない。ところが当時のアメリカにはそれだけの貫禄のある文明がなかった。それでフランスに持って行ったんでしょうね」

そうしたら吉田さんが、「その意見はいい」とおっしゃって喜んでくださった。でも、そのあとはずっとお付き合いはなかったんですよ。

もう一つ、これは僕が鈍かったせいなんだけど、当時、吉田さんについて、わからないところもいろいろありましてね。

たとえば吉田さんの作品の中には、小説蔑視的な言辞がずいぶんたくさん出てくるでしょう。特に、ご自身の小説の中でよく出てくる（笑）。小説への露骨な侮蔑。これがなんとなく気にくわない。

それと、ジョイスという作家を吉田さんはまったく評価しない。これも困るんです。まあ、イギリスの普通の文学好きだったら、ジョイスに対してはああいう評価になるのは当り前だろうなあという感じもあって、わかるといえばわかるんだけれども（笑）。吉田さんに、『英国の近代文学』という本があるんですね。この本はまず、「英国では、近代はワイルドから始まる」という文章から始まるんです。オスカー・ワイルドのことですよ。僕はこれを読んでびっくりした。

普通、われわれの頭では、「近代」といえばルネサンス以後のことでしょう。ところが、吉田さんの言う近代とは、モダニズム、モダニティということなんだね。われながら鈍かったと思いますが、「近代文学」というのはモダニズム文学なんだ、ということがわかったのは、ずいぶん経ってからのことですよ。吉田さんの言葉遣いはかなり特殊だった。

吉田さんはどこかで、「近代などとまったく縁のない人たちが集まって『近代文学』などという雑誌を出している」とからかっています。読んだときは、異様な感じがしたけれど、「近代」の意味をモダニズム文学ととれば、たしかにまったく縁がないよね、あの人たちは（笑）。

僕もどうかしてました。『英国の近代文学』が出た翌年、シリル・コナリーの *The Modern Movement*（『モダニズムの運動』）が出たし、その翌年はエルマン編の *The Modern Tradition*（『モダニズムの伝統』）が出て、コナリーには目を通し、エルマンのほうは拾い読みしたのに、近代文学がモダニズム文学のこととは気がつかなかった。僕はときどきこんなふうに、妙に融通がきかなくなるときがあるんです。頭が動かなくなる。それになにしろ、奇人吉田健一という先入主があるからなあ（笑）。後になると、吉田さんの小説侮蔑的言辞なんていうのも、別に気にならなくなったし、ジョイス嫌いも、まあこれはこれでいいんだろうという気になりました。しかし、初めはやっぱりむずかしかった。ずいぶんわからなかった。

——しかし、ものの考え方として、丸谷さんは吉田さんと共通する部分がけっこうあるんじゃないですか？

丸谷 近代日本文学全体が持っている傾向に対する吉田さんの批判——つまり反知性的な文学に対する嫌悪、拒絶——それは実に納得、共感しました。僕の最初の評論集『梨のつぶて』を、たしか読売新聞で、びっくりするほど褒めてくださって、青土社の清水康雄さんに、「この人は僕の本をよく読んでるんじゃないかな」とおっしゃったそうです。わかるんですね。

近代日本文学における自然主義、私小説、虚無好き、「生きることは虚しい」といった人生への拒否――、そういうものが吉田さんは大嫌いだった。それは僕もまったく同感。その傾向を、吉田さんは痛烈に批判した。いや、批判なんてものじゃなくてあれは侮辱というべきか、面罵というべきか（笑）。それはすごいもんですよ。

『文学の楽しみ』の第一回の最後で、菅茶山《かんちゃざん》の漢詩を訓点も何もなしに載せて、「ちんぷんかんぷんであるか。それならば、この頃の文学論というのは一体、何であるか」。要するに喧嘩を売ってるわけですね。茶山の詩も読めない人間が、文学を語れるのかということでしょう。まったくもう高飛車な侮辱。そういうことをしながら、一部からはものすごく尊敬された。さらに、死後はぐんぐん名声が高まっている。これが不思議なんですね（笑）。

――その秘密はどこにあるんでしょう？

丸谷　小林秀雄さんが吉田さんを認めてなかったということはご存じでしょう。河上徹太郎さんに「あれは見込みがないから破門しろ」なんて言ったらしい（笑）。でもこのことは、逆に、小林秀雄が指導的批評家である時代が終れば、吉田健一の文学観が支配的である時代がくることを暗示してますね。そして事実そうなっています。

おもしろいのは、吉田さんは過激な批判をしながら、個々の作品、個々の作家を論難するということは絶対にしない。傾向については罵倒するけれど、固有名詞はみんな隠してある。それから論争もしなかった。さすがに大政治家の息子だけのことはある

（笑）。

中村真一郎——文学は相撲ではない

——では、直接、激励を受けたという三人のお話に移りましょうか。まず最初が、中村真一郎さん。お亡くなりになったのが残念です。

丸谷　実は、中村真一郎さんと吉田健一さんには共通点がいくつかあるんです。二人ともモダニズム文学の流れですよね。そして、二人とも横光利一を評価している。中村さんもやはり、日本の私小説と自然主義に対して否定的な評価をする。中村さんはこれを、要するにヨーロッパ文明の周辺における地方文学にすぎないととっていたわけです。現代の日本文学は、中心部の文学、つまりパリやロンドンの文学とは違うものであって、中心に近づいて行かなければならない。そういう態度が僕にはとてもわかりやすかった。

中村さんの小説には、よく知識人の知的風俗が描かれるでしょう。それが面白かった。完成度ということは別にして、方向という点で、興味深かったんです。そういう作家は、他にはいなかったんですね。『空中庭園』や『雲のゆき来』のころの中村さんには連帯感みたいなものを感じましたね。

当時、僕は「中村真一郎という人は、現代日本文学において最も重要な作家である」ということを書いたことがあります。「偉大」とは違うけれど、しかし重要だと。しかし、何よりも僕は、評論家としての中村真一郎に感心するんです。それまでの日本の文藝評論というのは、人生論とか、哲学論とか、政治論とか、そんなことばかりやっていた。文学論といわれるものが何をしていたかと言えば、作家を流派別、交友関係別に論じるものばかりだった。白樺派とか、鎌倉の文学とか、中央線文士とかね。これじゃあまるで、相撲部屋の世界だよ。事実、「丹羽部屋」なんていう言葉もあったしね（笑）。文学の話は、交友関係でぜんぶ決るようで、文学論でもなんでもない。そういうふうになりがちだったわけですよ。

ところが中村さんの書いた評論は、ぜんぜん違う。そんな考え方を全部壊して、新しく自分の目で美学的分類に配列しなおす。そうすると、まったく新しいものが見えてくるんです。そういう感じだった。

文学それ自体を論じる、当り前の話だけれど、日本でそれをやったのは、他にいなかったんです。

もう一つ、中村さんは、文学それ自体を論じながら、しかし文明というものの価値を信頼していた。文学によって、文明というものへ貢献する、そういう人間のあり方を重視していました。

これは吉田健一さんの場合も同様ですね。文明と文学という、その関係で考える。だから一つのテクストの中の本文の部分が文学であるとするならば、欄外の白い余白の部分は文明であって、その欄外の文明に対して文学は貢献しなければならない。だからこそ、本文があり得る。そういう感じですね。僕は、そういう考え方にずいぶん教えられました。

もちろん新鮮でもあったし、新鮮というよりも先に当然のことなわけですね。それを中村さん以前にやった人はいなかったんじゃないのかなあ。少なくとも、あれほど勇猛果敢にやった人は、僕はいなかったと思う。

中村さんの初期のさまざまな日本小説論、ことに『荷風の生涯と藝術』という荷風論は、僕は読むべきものだと思います。近代日本文学に対する同情と批判とがみなぎっていて、とてもいいものです。

荷風論もいろいろあって、左翼系統の荷風論は、『花火』のような作品を取り上げて、明治政府への反逆者としての荷風をやんやと褒めたたえた。一方で、中村光夫さんの荷風論は、文藝評論というよりは、社会評論であって、つまり個人というものが確立していない日本社会を弾劾する荷風を大いに賞揚した。

もちろんそれも大事な問題ではあるけれども、どれも文学以外の問題に焦点を当てて荷風を論じてきたわけです。あるいは、文明と文学との関連それ自体については論じ残してあったと言ってもいい。中村真一郎さんはそれを真向から壊して、純粋に荷風の小説の方法を論じたわけです。実にいいものだと僕は思いましたね。

あの頃、僕は、荷風を論じたいなと思っていたけれども、もう中村さんが全部論じてしまったような気がした。「もうこれ以外にはないんじゃないかなあ」と中村さんに言ったら、「いや、そうじゃないよ、まだまだあるさ」と慰めてくれたことが記憶にあります。

僕は、荷風論は結局、書かずじまいになりそうですね。朔太郎論も書かなかったし。少年時代に熱中して、しかし論じないということはあるものなんですね。

でも、儒教と、フランス文学と、好色を肯定する日本文化と、その三角地帯において荷風を論じるという手はあるはずなんで、これを将来の荷風論の筆者にやってもらいたいな。

――荷風と儒教というのはどういうことですか。

丸谷　荷風のお父さん永井禾原は漢詩人で、官吏で、天下りして日本郵船に入った人です。もちろん儒教的教育で育った士君子でした。家の雰囲気も儒教的なものだったでしょう。荷風自身も一高の入学試験にすべって外語の支那語科に入ったりした。漢文がよくできました。そう大したことなかった、みたいなこと言う人もいるけれど、それは規準が高すぎるので、まあ、いまの人間とは比較にならない（笑）。それで、彼のモラルには変に四書五経的なバックボーンがあるんです。

――磯田光一さんが、最晩年に荷風論を書いてらっしゃいますね。

丸谷　そうそう。僕はあのとき、彼に何かの会で会ったときに、「きみのあの論は儒教が抜けてるのが残念だ。あそこをそのうちに書いてよ」と言ったことがあったんですよ。むずかしいんだよね。「荷風における儒教」なんて、磯田さんならいちばん飛びつきそうなところでしょう。ただ、荷風の論理というのも、ずいぶんご都合主義的でね。自分の都合のいいときには儒教を持ち出して威張り散らすというようなところがある（笑）。磯田さんも、そういうのを見てるとばかばかしくて、真面目に考えられなかったのかなあ。

でも僕のように、日本美の系列と中国文化のせめぎ合いに関心のある人間だと、荷風のその問題はとてもおもしろいですね。荷風が玄人女しか書けなかったというのは、やっぱりそれですよね。儒教的なものがあって、素人女に手を出すなという戦前の戒律が……。

――それは儒教の本質とかかわっているんでしょうか？

丸谷　そうなんですよ。儒教では玄人女とはいくら遊んでもいいわけでしょう。それの一番極端なのは家妓という制度ですね。これは自分の家に置いておく歌妓、つまり藝者で、まあお妾ですね。たしか李白の家にもいたはずです。そのため結婚は親の選択と意志によって決められる。したがって恋愛なんてあり得ない。そこで素人女に手を出すな儒教というのは家中心だから、家の存続を大事にする。そのため結婚は親の選択と意志によって決められる。したがって恋愛なんてあり得ない。そこで素人女に手を出すなということになる。ただし、玄人女なら一向かまわないんです。

――丸谷さんの『恋と女の日本文学』にありましたね。

丸谷　そうです。

　僕が一番中村さんに励まされたという感じがするのは、『新古今』とモダニズムの共通点ということなんです。

　僕が国学院にいたころ、英語の主任教授の菊池武一先生のお宅に伺ったことがありました。あの先生は能がお好きで、そのせいでしょう、洋書ばかりの本棚に『日本歌学大系』のある巻がひょいと置いてあった。ちょっと見たらなかなかおもしろいんで、「これお借りして行きますよ」と借りてきた。

　その中に『東野州聞書《とうやしゅうききがき》』というのがあって、これは東常縁《とうのつねより》が正徹《しょうてつ》から講義を受けたことが書いてあるんです。それに、

　生駒山あらしも秋の色にふく手染めの糸のよるぞかなしき

という定家の歌を読みとくところがある。

生駒山というのは紅葉の名所である。「嵐も秋の色にふく」というのは、紅葉が風に舞って散乱と散る様を描いている。そしてそれは夜のことである。一方で、秋の色とは、男が女に飽きて通ってこなくなったという意味が掛けてある。生駒山の近くの河内国では女が糸を縒《よ》る。ねじり合せて一本にする。その手染めの糸の色が赤や黄色で、紅葉の色のようだ。夜、一人寂しく糸を縒る、それが悲しい、と。

そういうふうに解釈するわけです。

僕はこれを読んで、アッと思った。ちょうどその頃、僕たちはジョイスの『フィネガンズ・ウェイク』を輪読して、この言葉の裏にはあの言葉とあの言葉があると言ってさかんに論じてたんです。それと実によく似てるんだね。『新古今』は、まるでジョイスやエリオットの文学とそっくりじゃないか、って。

その話を中村さんにしたことがあった。すると中村さんは、

「そうなんだ。ヴァレリーも、古代にだってモダニティはあったと言っている。ある文明が絶頂を極めたとき、それはモダニティに到達するんだよ。それと同じで『新古今』は言葉の文化の絶頂を極めたんだ」

と教えてくれた。

たしかに『新古今』というのは、日本文学史の一つの絶頂——本居宣長に言わせると

「歌のまさかり」――でした。だから、それがモダニズム文学の最高峰であるところのジョイスやエリオットの文学との共通点を持ってくるというのはあり得ることですね。

ここのところで、僕の東西文学に対する考え方がしっかりと落ちついたものになった。僕が前々から『新古今』とジョイスの両方が好きだったことが、なるほどと納得できるでしょう。単にもの好きで『新古今』を読んだり、ジョイスを読んだりしている、そういう散漫なものじゃないということがわかるわけだ（笑）。

それに、モダニティがいくつもあるという歴史観で行けば、当然、発展段階説が否定されます。それから、直線的に進む史観がダメになる。アダムとイヴの楽園から始まってイエスの誕生、最後の審判と進む見方とか、原始共産制、フランス革命、共産主義社会と進む図式がおかしくなって、ヴィーコふうの循環的史観がものを言うことになる。どうもこっちのほうが歴史の実相に近いような気がしますね。

――その『東野州聞書』をお読みになったのは時期的にはいつごろのことですか？

丸谷　昭和三十年代の後半ですね。当時、僕は、いままでのような漫然たる現代日本文学に対する反抗ではダメだ、きちんとした反対意見を固めなきゃならないと思って、いろいろ勉強していた時期なんですよ。

津田左右吉に逆らって

丸谷　そうそう、この際、ぜひしておきたい話があります。

当時、勉強のためにと思って、津田左右吉《そうきち》の『文学に現はれたる我が国民思想の研究』を読んだんですね。あの全四巻の膨大な本。一体本気で読み通した人なんているのかしら（笑）。

ところが、読んでみて驚いた。津田左右吉という人は、あまりにも文学がわからない人だと、茫然とした。

あの本は元版と、戦後に書き直した新版と二つあります。新版もかなりのものですが、元版は猛烈ですよ。たとえばあの人は、日本の和歌の伝統ということをまったく理解しないんですね。すべて「因習である」と決めつけてしまう。

『古今集』に対する態度なんかはほんとにひどいもんで、

冬ながら空より花の散り来るは雲のあなたは春にやあらむ

という清原深養父《きよはらのふかやぶ》の歌を、「虚偽をいったもの」と決めつける（笑）。紀貫之は詩人ではなくて、「三十一字の製造家」と侮辱する。

たしかに正岡子規も「貫之は下手な歌よみにて古今集はくだらぬ集に有之候」とは言ってますよ。しかし、子規の場合は、これは要するに喧嘩上手なんだね。喧嘩するために、そういう啖呵《たんか》をパッと切ってみせたわけだよ。しかも、なんてったって文章がうまい。

それにくらべると、津田左右吉の場合は、喧嘩も文章も下手で、だからこそ、本音がとってもよくわかる。とにかく自分の国の伝統がいやでいやでたまらなかったんだね、あの人は。本当は、日本文学の伝統というより、文学の伝統そのものが嫌いだったのです。文学の古代以来の伝統を、十九世紀の西洋文学の考え方で裁断したわけです。

驚き呆れて、それを読んでるうちに、これはやっぱり否定論を書かないといけないなあと思ったし、これを論じれば、いろいろわかってくることがあるんじゃないかとずいぶん考えたんですよ。中村さんも激励してくれましてね。

そこで、『津田左右吉に逆らつて』という評論を書いた。ところがこれが、「中央公論」に掲載をことわられて、「展望」に持ってったら、いつまで経っても返事がない。原稿を取り返して、次に「文学」に持ち込んだらしばらくして「文学」の部長と編集者が僕のところにやってきたんです。

まず、「これはなかなかおもしろい」と言ってくれて、次に「題のつけ方がうまい」と褒めて、その後で、「ただ、津田左右吉に対する批判の部分は全部削って、日本文学論を書いたらどうだろう」って（笑）。

もちろんことわりました。結局、雑誌に載せるのはやめて、僕の評論集『梨のつぶて』に収録した（丸谷才一批評集第一巻『日本文学史の試み』所収）。

あの頃、『津田左右吉に逆らつて』なんていう題が、そもそも危険だったわけね。

――津田左右吉っていうのはそんなに権威があったんでしょうか。

丸谷　それはありますよ。岩波の「世界」が彼に天皇制反対を言わせたくてジタバタした話は有名でしょう。

――当時、まだご存命だったんですか？

丸谷　もう亡くなってたでしょう。

――えーと、津田左右吉の没年は、昭和三十六年ですね。『梨のつぶて』が昭和四十一年です。しかし、信じ難いですね。いくら権威があったとしても、死んだあとも編集者がそこまで気を遣うというのは。

丸谷　要するに津田左右吉は偉い人なんだよ、漠然と。本なんて読んだこともないけど、とにかく偉い人だ。そういう偉い人の悪口なんか言ってはいけない、これを載せるのはマズイよ、ということでしょう。

――そういう文学観を支持する隠然たるムードがあったというのならわかるんですけども。

丸谷　それも、あったのかもしれませんね。

僕は、津田左右吉を読んでいて、ハタと気がついたことがありました。日本の自然主義作家のすぐ近くにいた人が津田左右吉なんだとね。

自然主義の牙城は「早稲田文学」とそれから田山花袋が主筆だった「文章世界」だったんですが、津田左右吉は「早稲田文学」の周辺にいたわけだし、たしか歳は田山花袋の二つ下です。いろんな意味で、明治自然主義文学と共通の地盤から出てきた人なんですよ。自然主義小説をずいぶん読んでますしね。

それで文学観的にも、自然主義作家たちとよく似ているんですね。自然主義文学というのは切羽詰まったような口調で、いろいろ罵《ののし》ったりなんかするのが好きじゃない。あれと同じですね。

――「人生はかくの如し」から、あらゆる文学作品を見て行くということですね。

丸谷　そうそう。現実暴露の悲哀という感じで暴露している。少なくとも暴露しているつもりなわけね。

そういう津田左右吉の青春から中年にかけてを、僕は小説家的想像力で思い描いたわけです。

山崎正和さんのいわゆる「不機嫌の時代」にまさしく該当する人なんだね。古人に対する態度はものすごく嫌悪感に満ちている。「と言っている」と言えばいいところを「と自白している」などと書く（笑）。言葉遣いに刺《とげ》があるんだよね。

――しかし、自然主義作家たちは、日本の古典についてそれほど批判をしてませんね。

丸谷　そもそも、読んでないんじゃないかなあ（笑）。江戸文学、近松や西鶴、それから江戸の漢詩、頼山陽《らいさんよう》あたりは読んでるでしょうけれど、『源氏物語』なんかはどうだろう？

丸谷　ところが津田左右吉は読むわけですよ。そして、ものすごく悪意のこもった口調で論じる。しかも、文学的感受性があまりない。僕は、津田左右吉を読んで、日本自然主義文学の非文学性というものが実感としてわかったという感じでした。なにしろ、津田左右吉が文句つけないで褒めるのは、菅茶山の漢詩と一茶の俳句だけなんだから（笑）。リアリズムとポピュリズムだけが好きなんだね。

――ことわった雑誌の編集部はもったいないことをしましたね。

丸谷　その三誌の編集長は、みんな津田左右吉のあの文学史を読んだことはないんじゃないかなあ。偉い人として祭りあげているだけで、真面目に考えたことなんか、三人ともなかったんだよ。

ところが『梨のつぶて』が出たあとで、「展望」の編集長が、「臼井吉見さんが『津田左右吉に逆らって』をとても褒めてました」と言ってきた。

臼井さんは『文学に現はれたる我が国民思想の研究』を読んで、何か変だなとかねが ね思ってたんだと思いますよ。それで、丸谷に言われてみるとたしかにそうだということになったんでしょう。やっぱりジャーナリスティックな勘のよさは、臼井さんはすごいよね。

ただ、普通なら津田左右吉の文学観と日本自然主義の文学観とが一緒だなんていうことは、なかなか気がつかないし、気がついても言わないでしょう。そういうことに僕が気がついたのは、中村真一郎さんの影響がかなりあったような気がしますね。既成の約束事にこだわらない、すべて振り出しに戻って考えるという、それが僕が中村さんから教わったことですね。

ジョイスとバフチンの密かな関係

――それにしても、丸谷さんは中村さん、山崎さんのお二人とは個人的にも親交が深かったわけですが、バフチンはロシア人だし、三人の中でちょっと異色ですね。

丸谷　バフチンという思想家との出会いは、昭和四十九年（一九七四）ですね。新谷敬《あらや》三郎さんという早稲田の露文の先生から、ご自身が訳されたバフチンの『ドストエフスキイ論』の第二刷が送られてきたんです。新谷さんとは、まったく面識もありませんでしたし、一刷がいつ出たのかも知らなかったんだけど、とにかく二刷をいただいた。

読んでみて、僕は仰天し、またたいへんに感心しました。同時に、妙な言い方だけれど、「ああ、僕が考えていたことはあれでよかったんだ」という気持になった。

――『ドストエフスキイ論』の第一刷は、昭和四十三年に出てます。六年経って第二刷が出たんですね。

丸谷 僕がいわゆる「ドストエフスキー論」なるものに、どんなに飽きあきしていたかがわかりますね。きっと初刷が出たとき、題名くらいは見たはずだけど、読む気が起らなかったんでしょう。というのは、僕は少年時代以来、ドストエフスキー論というものに対して非常に不満を持っていたんですよ。

まず、戦前のドストエフスキー論といえば、感傷主義的人道主義のドストエフスキー論がほとんどだったでしょう。その代表が室生《むろう》犀星《さいせい》ですね。『貧しき人々』を、ヒューマニズムの発露として読んで褒め称える。しばらくすると、今度はひどく観念論的なドストエフスキー論が登場する。これは小林秀雄、埴谷雄高両氏が代表ですね。僕は、そういうものに、なにか肝心なことが抜けてるんじゃないかと思ってたんです。

ごく一部、日本にも、ドストエフスキーの小説の方法論を論じたものがありました。

たとえば河上徹太郎さんは何かの評論の中で、『悪霊』という小説は、語り手がいて、彼の語るある地方都市の噂話という構造になっているところが大事なのだ、そこにあの小説の仕掛けが全部あるのだ、と言っている。それから中村光夫さんの『笑いの喪失』という評論は、『白痴』は滑稽小説であるということが忘れられている、という指摘から始まっている。いい着眼です。でも、どちらもほんとにチラッとしか言ってない。それが残念でしたね。

というのは、僕は少年時代に『悪霊』や、その原型ともいうべき『スチェパンチコヴォ村とその住人』、『伯父様の夢』を読んで、ドストエフスキーはこれが一番大事だと思ったんです。

『スチェパンチコヴォ村とその住人』は、『悪霊』をもっと滑稽小説にしたような作品です。それを読んで、滑稽小説の作家としてのドストエフスキーというものにとても興味を持っていた。そこでバフチンを読んだとき、まさに我が意を得たりと思ったんですね。

バフチンのドストエフスキー論の二本柱は、ポリフォニー理論とカーニヴァル理論ですね。

日本の小説は主人公中心でしょう。一人の作中人物がいろいろ感懐をぶちまけると、それがすなわち作者の感懐である、つまり作者の書きたい内容である、そうとるのが日本の文学論です。日本人は外国の小説を読んでもそういう調子で読んでいました。これは私小説の型に合せてそう読んだとも言えるし、外国小説をそう読んだから私小説ができあがったと言ってもいいけれど。したがって、『罪と罰』の中で主人公のラスコーリニコフがいろいろ語ると、そのラスコーリニコフの語ったことが、ドストエフスキーの語りたいことである。それでおしまい、となる。

ところがバフチンは、ラスコーリニコフが語ること、酔っぱらいのマルメラードフが語ること、マルメラードフの娘である娼婦のソーニャが語ること、その語り合い、対話によって醸し出されるシンフォニーのようなものが、ドストエフスキーの語りたい内容だととるわけですね。これがポリフォニー理論です。

言われてみれば当り前のことだけど、そういうふうには誰も言わなかった。あくまでもラスコーリニコフの言うことが中心で、ときどき都合のいいときはマルメラードフの言うことも引いてくる、ソーニャの言うことも引いてくる。しかし、それがみんなモノローグなんですね。ダイアローグによって成立する場こそが小説の場なんだとは考えない。個々のモノローグを切り離して、それで論じる。そういう把握の仕方が従来のドストエフスキー論でした。バフチンはその考え方をきれいに否定している。

それから、カーニヴァル論というのは、文学には非常に大事な喜劇的文学の流派があって、その流派の根底にあるものは、カーニヴァルによって影響され、つくられた文学形式であるというものです。カーニヴァルというのは、贋《にせ》の王を祭り、その贋の王の王冠を奪い取って放逐する。そのことによって冬に当る贋の王を放逐して、春の王の到来を祝うという太古以来の祭祀ですね。死と再生の図式。つまり、世界を祝福して、新しくまた出発するということが、古代以来の世界の文学の大事なところ、むしろ正統にある考え方だ、というものです。文学の伝統を悠遠の昔から始めた。

現代日本には、文学は人生の真実を追求し、それによってためになるものでなくてはならないという科学主義的な文学観がはびこっている。それとまったく対立する、いわば「祭祀的文学観」があるんだ、それが大切なんだと言ってるわけですね。

ドストエフスキーの対話的手法は、僕がかなり気がついていたことでした。カーニヴァルはもちろん気がついてなかった。でもドストエフスキーには妙に喜劇的な乱痴気騒ぎがあって、これが大事だということは考えていました。バフチンはその両方を指摘して、結びつけ、しかもそれが古代以来の文学の、むしろ正統的な要素なんだ、ということを書いた。僕はこれが非常に嬉しくて、やっぱり僕の文学についての見方は大丈夫だったなあと安心したんですよ。

僕はパロディが好きで、僕にとってのジョイスの魅力のかなりは彼のパロディ趣味のせいだし、それから井上ひさしさんと二人で長いこと「週刊朝日」の「パロディ百人一首」の選者をやったくらいですが、自分のパロディ好きはバフチンのおかげでようやく擁護されたと思ったのを覚えています。

――評論家の三浦雅士さんが、『たった一人の反乱』(一九七二)の文庫版の解説(講談社文芸文庫)で、丸谷さんが一九六二年に書いた『彼方へ』という小説の中に、ポリフォニーの理論が述べられていると指摘して、こう書いています。

「丸谷才一はここ(『彼方へ』)で、ほぼバフチンの言うポリフォニーの小説に近い考え方を示しているわけだが、そしてバフチンの仕事が日本を含めた西側世界にようやく知られるようになったのは一九六六年に発表されたクリステヴァの論文以降なのだが、『たった一人の反乱』で実践されているのはまさにそのポリフォニックな考え方なのである。ちなみに、バフチンのラブレー論の邦訳が刊行されたのは『たった一人の反乱』が発表された翌年の一九七三年なのです」

つまり丸谷さんは独自に、バフチンと同様の考え方に達していたのだ、と。

丸谷　たしかにそういった考えは、以前から持っていましたね。『たった一人の反乱』のパーティの場面――授賞式で、受賞者が選考委員を弾劾してしっちゃかめっちゃかになるところ――、あれは一種のカーニヴァルになっていて、典型的にドストエフスキーの影響ですね。

バフチンの思想は、彼の学んだ哲学から生れているんですね。それは、最近の文学者が好むルソーとかヘーゲルとかニーチェとかハイデッガーといった文学的思想家ではなくて、新カント派の哲学だった。ごく粗雑に要約すると、精神と世界との相互的関連を探究する哲学ということになるんじゃないかな。精神だけでもダメだし、世界だけでもダメ。その関連を重んじようという立場だった。ここからバフチンまではすぐですよね。

一八六〇年から一八九〇年までのドイツ及びロシアの講壇哲学は、新カント派によって支配されていました。十九世紀の後半のドイツを支配したわけだから、二十世紀の前半の日本の大学も、新カント派が支配した。したがって岩波書店から戦前出ていた哲学の本の主なものはほとんど新カント派なんですよ。たとえば和辻哲郎の立場も基本的には新カント派でしょう。

つまり、城下町の中学生がわかりもしないで読み耽った哲学書はほとんど新カント派で、だから僕が少年時代に読んだ哲学書と、バフチンが学んだ哲学書は、学び方の深浅はともかくとして、種類としては同じだった。だから僕がバフチン的な文学観、文学論を抱いたということも一理あると、無理やりに言い張れば言い張れないこともない（笑）。

その後、バフチンのカーニヴァル文学の理論、これを大々的に学んで書いたのが『忠臣蔵とは何か』です。

もともと忠臣蔵というのは御霊《ごりょう》信仰だという発想があったんですよ。ところがじーっと考えて行くうちに、単に御霊信仰だけじゃないぞという気持になって、カーニヴァル理論に行ったわけですね。

それには、僕が雪国の少年であって、冬が大嫌いだということが裏打ちみたいにあったかもしれない。僕は、八月も二十日を過ぎて、夜、虫の音を聞くと、もうほんとに寂しくてしようがなかったんですよ。ああ、あの寒い冬がやってくるんだって。それがあるから、冬を送って春を迎える喜びというものがよくわかったんじゃないのかなあ、という気がする。

雪国生れでよかったねえ、あれを書くためには(笑)。

――たしかに人類の記憶の中で、冬と春の交替は、生き延びられるかどうかという切実な問題だったでしょうね。

丸谷　そうですよ。とにかく春になれば食べ物が出てくるわけだから。

――冬の王と春の王の交替というのはわかりますが、この世の中の秩序をひっくり返すどんちゃん騒ぎ的な要素も忠臣蔵の中にやっぱり仕掛けられているんでしょうか。

丸谷　あの討入り自体がそうでしょう。首都の秩序を渾沌《こんとん》状態に戻す、景気のいい、花やかな暴動だもの。それから七段目の一力《いちりき》の場の馬鹿騒ぎなんかもそうでしょう。

バフチンを読んで、もう一つわかったことがあるんです。まったく名前は出てこないんだけど、バフチンはジョイスがよほど好きだったに違いないね。カーニヴァルとくれば、もうジョイスとすぐに結びつく。僕はすぐに直感したんですよ。

なぜジョイスのことを書けないか。それはジョイスとプルーストを認めたら収容所送りだからですね。とにかく、ソビエト体制下では、モダニズム文学はいけない。変なことを言うようですが、いまでも岩波文庫にジョイスとプルーストがないのは、第二次大戦後しばらく、あそこの編集部がソビエト作家同盟の文学観を信奉していて、モダニズム嫌いだったことの名残、という面もあると思いますよ。ソビエト文学のそういう風潮の中で、自分はモダニズムが好きだということをどうやって言えばいいか、モダニズム文学擁護の書をいかに書くか、そのことのものすごく狡猾な対応策がバフチンの『ドストエフスキーの詩学』であり、『ラブレーと民衆文化』なんですね。あれは二冊つづきのジョイス論なのかもしれない。人を食ってるなあ(笑)。

——お話を聞いていると、文藝批評のあり方が、日本とはずいぶん違うような気がしますね。

丸谷 一般に、近代日本文学の主流というのは、極めて抒情的なものでしょう。ところどころそうではない小説もあるけれど、評論家はそれを論じない。やっぱり情緒的な評論になってしまうんですね。

バフチンを読んで思い出したのは、菊池寛の純文学と大衆文学の説でした。菊池寛は、「自分のために書くのが純文学で、他人のために書くのが大衆文学だ」と言ったんですね。自己と他者というものを分けて考えるのがいわゆる在来の日本文学の考え方だった。

ところがバフチンは、自己と他者とは相互関連的なものだと考える。

僕は、「われわれのために書く」あるいは「自己と他者との関係のために書く」というのが、文学のほんとうのあり方だと思うわけです。それが自分と他人に分裂してしまったところが、日本文学の不幸だと思うんですね。

さらに言えば、「われわれのために書く」というのは、「共同体のために書く」と言い直してもいいわけですね。日本でも、たとえば柿本人麻呂は共同体のために書いていたわけです。紫式部も、近松門左衛門も、芭蕉もそうだったでしょう。そういう幸福が味わいにくくなっているのが現代ですね。

でも、あえて共同体を空想的にでも設定して、それのために書くという意識を持てば、そこから現代文学の行き詰まりの解決は出てくるんじゃないか。

たとえばガルシア＝マルケスの小説を読んでると、空想的に設定された共同体のために書いてるという感じがひしひしとする。実在はしないかもしれないけれど、それを夢見る能力がラテンアメリカの作家たちには一時かなりあった。それがラテンアメリカ文学にあれだけの盛況をもたらしたんじゃないのかなあ。

これと関連して思い出されるのは、小林秀雄さんが「批評は他人をダシに使って自己を語るんだ」と言ったことがあった。有名なセリフですね。

けれども、僕は、「対象である作品と自己との関係について語る」というふうに言い直すほうが、読者を惑わすことが少ないような気がします。もしそういうふうに小林さんが言ってくれたら、日本の批評はこんな混乱した状況にならなくて、もっとまともな道を進んだんじゃないか。

――バフチンは、スターリン体制の下で思想犯として投獄され、モスクワを追われて、辺境の町の大学教師としてなんとか生き延びながら、あれだけの仕事をしたわけですね。人間としても、いろいろおもしろい人ですね。

丸谷　僕は好きですね。せっせと原稿を書いて、本にする論文を溜めているんだけど、タバコを巻く紙がなくなると、その論文でタバコを巻いて吸ってしまう（笑）。

死ぬときには、目が見えないから、「僕の好きな話を読んでくれ」と言って、ボッカチオの『デカメロン』の一話を朗読してもらうんだけど、それがたいへんなペテン師の話なんですね。このペテン師は死を前に神父さんに向って、いかに自分が立派な人間であったか、徳行を積んだかという大嘘を告白する。それが伝わりに伝わって、死後、聖者としてみんなから尊敬されるという話なんだよ。そんな話を聞いて死んで行くなんて、実に人を食った話（笑）。

タバコの話でもわかるけれども、彼は熱烈な文学への愛のすぐ裏側に、「文学なんか知ったこっちゃない」という態度がある。熱烈な文学愛のページを一つめくると、「文学なんてものに夢中になるやつはバカだよ」といったような文学否定がある。その二つが入り混じった感じがあって、これが僕には魅力的ですね。

今世紀の文学の研究者として、アウエルバッハも偉い、クルツィウスも偉いだろうけれど、しかしバフチンはこんな破天荒な理論を立てた。しかもあれだけの悪条件の中でつくった。すごいなあと思うんです。一体どうすればああいう理論を考え出せるのかなあ。

ひょっとすると、ロシアというヨーロッパの辺境にいたことが、よかったのかもしれませんね。辺境であるために、かえってヨーロッパの古代的なものが残ってる。だからカーニヴァル論なんてものがひらめいたのかもしれない。

——ジョイスも、アイルランドという辺境から生れました。そういった古代性のようなものから、常に文学を更新して行くエネルギーが出てくるのかもしれませんね。

丸谷 だからね、大事なのは、日本の文学者であることを、不利な条件だと考える必要はないってことです。悪条件と言われているものが、実はものすごい好条件であるかもしれない。われわれの中には古代的なもの、中世的なもの、みんな残っているわけです。それを見ることによって、ヨーロッパの学者や作家たちが気がつかないもの、詩人たちが気がつかないもの、それを僕たちは使えるかもしれない。

なんと言ったって、こんなに持続的に一国の文学が続いている国は、他にないわけですからね。だからその伝統の持続性、それを逆手に取って、思いもつかない新しいものができるかもしれない。そう僕は思うんだなあ。

――津田左右吉とは逆の発想ですね（笑）。

山崎正和さんが解いてくれた年来の謎

――最後に登場するのが、山崎正和さんです。紹介の必要もないでしょうが、劇作家であり、文藝評論家であり、社会評論家であり、そして丸谷さんと一緒におこなった対談、鼎談《ていだん》は百回を超えています。

丸谷　山崎さんは、僕より十ぐらい下かしら。

――一九三四年のお生れです。

丸谷　九歳年下ですね。山崎さんと知り合いになったのは、僕の『笹まくら』論を彼が書いてくれたのがきっかけです。

　昭和四十七年に、『徴兵忌避者の忌避したもの』という『笹まくら』論を書いてくれて、これには僕はびっくりしたんです。日本のこのあいだの戦争のぬるりとした感触――僕の言葉で言うんですよ――を捉えた唯一の作品だと評価してくれた。つまり何で戦争をしたのかわからない戦争という感触、それをつかまえた唯一の作品だ、と。

他の日本文学に現れたこのあいだの戦争というのは、戦前と戦後とが別のものになっている。ところが終始一貫して同じ日本の社会だということをつかまえているのは『笹まくら』だけだ、と言っている。

僕は、なるほどなあと思ってたいへん感心したんです。やっぱり文藝評論は、書いた当人がびっくりするようなものがおもしろいよね（笑）。

山崎さんには、スパイMを扱った『地底の鳥』という戯曲がある。これがよかった。たしか劇団四季が山崎さんに委嘱した作品で、スパイMを書いてくれと発案したのは浅利慶太さんなんだって。すごいアイディアね。和歌でいうと題詠みたいなもんです。それであれだけおもしろいものを書いた。

あれは、イデオロギーというものはいかに虚しいものであるかということを書いている戯曲なんです。左右両方のイデオロギーが否定され、そしてイデオロギーの時代であった昭和という時代が完全に葬られている。そのイデオロギーの時代に、なお生きなければならない男たちへの挽歌、昭和史への挽歌のような作品で、僕はたいへんいいものだと思いました。

あの戯曲は歌舞伎仕立てなんですよ。長ゼリフの連続で、ただし西洋ふうのロジックとレトリックを駆使して語る。だから歌舞伎の演出でやるべきなのに、浅利さんはそこがわからなかった。あの人は、普段は歌舞伎のいきでやって、役者に正面切らせて、いい効果あげるのに、あのときは妙な新演出をやってうまく行かなかった。もっと堂々と歌舞伎でやればよかったのにねえ。僕は、もう一ぺん浅利さんがあの戯曲を歌舞伎仕立てで演出して見せてくれることを切望しています。

そして何と言っても僕が一番感心するのは、『不機嫌の時代』という長篇評論。説明するまでもありませんが、明治四十年代、日露戦争の後で、日本の知識人たちの多くが、方向を失い不機嫌な状態に陥った。五十代の森鷗外も、四十代の夏目漱石も、三十代の永井荷風も、二十代の志賀直哉も、みんな不機嫌だった。そこから近代日本文学は始まった、そういう議論ですね。

僕はこれを読んだときに、少年時代から僕が抱懐していた、「一体日本の小説はどうしてこんなにじめじめしていて暗いんだろう」という謎が、かなり解かれたという感じがして、ほんとに脱帽した。

僕はだいたい「参った」と思うことが多い人間なんだけれども、このときはほんとに切実に参ったと思いましたねえ（笑）。

ことに、いわゆる自然主義作家たちではなくて、むしろ反自然主義の作家たちにおいて、近代日本文学の欠陥の始まりを見つけたというところ、これがすごいんですね。向うのほうが掘り下げ方が深いけれど、問題意識が僕と共通しているわけだし、それはつまり明治四十年以後の日本文学の不健全さに対する感覚が同じなんでしょうね。

現在でも、日本の文学にはなんとなくいやな感じの重りをつけないと、軽薄である、文学的でないと見るような風潮がある。それがどこからきたのかが、僕はあれでかなりわかったような気がするんです。そもそも近代日本文学は不機嫌から始まったわけだから。

うん、それで思い出すことがあります。谷崎松子さんが「谷崎は何かいやなことがあると、『不愉快だ』と言いました。何もそんな大げさな言葉使わなくていいときなのに、そう言いました」と思い出話をなさった。あれこそ不機嫌の時代の後遺症で、それが谷崎さんのようなあまり不機嫌でない人にも残ってるんですね。でも『不愉快の時代』じゃ、題にならないね（笑）。

不思議なもので、西洋の、たとえば世紀末文学などでも、かなりいやになるようなことを扱っている。しかし、その扱い方がちょっと違うんだねえ。中村真一郎さんにそのことを聞いたら、やっぱり近代日本文学は、言葉の扱い方が生《なま》なんじゃないかというんだけどね。

生で思い出しました。ここでちょっと話が飛びます。いつだったか歌舞伎の勘九郎さんと、彼が『森の石松』だったか、テレビの撮影を終えた直後に、一緒に飲んだことがあるんです。そのとき、勘九郎さんが、こんなことを言うんだねえ。

「先生ね、テレビっていうのは生のセリフでしょう。あれをやると喉を傷めるんです。歌舞伎だと喉を傷めないんです」

「え？　その生のセリフってどんなやつ？」って聞いたら、

「たとえば、『バカ野郎！』なんていうセリフです。あれは歌舞伎にはないセリフです」と。

なるほどと思った。

――レッスン1に、レトリックがない文明という話がでましたが、それと関連しそうですね。

丸谷　そうそう。様式がある文学ならば、たとえいやなことを書いても、いやな感じの迫り方が違うわけ。ところが近代日本文学は様式がないから、生な不快感になっちゃうんだね。

そういう生な言葉を避けようとして、石川淳さんは江戸に学んで、あの文体をつくったんでしょうね。

淳さんのあの文体のことを、女の小説家が、長唄か清元の詞章みたいにずらずら続いて行くと評したそうだけれど、これは森鷗外『そめちがへ』の弟分みたいなあの文章の、うまい形容であるだけじゃなくて、出所をかなり言いあててますね。そして長唄や清元のかなり川上のところにはたぶん『曾我物語』がありそうな気がします。いつか僕が

『曾我物語』を読んでますと言ったら、「文章がいいでしょう」と一言だけだったけれど弾んだ返事が返ってきたことがありました。石川淳と『曾我』というのはいい主題だと思いますよ。

——非常におもしろいのですが、山崎さんの話に戻りましょう（笑）。

丸谷 山崎さんは、いわゆる文学青年型ではない人ですよね。論理的だし、荒れない（笑）。文学青年の議論の仕方とはまるで違う。普通は、ああいうふうに着実に周到に文学を論じる人は、だいたい文学がわからない人が多い。ところが山崎さんは文学が実によくわかる。文学的感受性が豊かで、しかも着実に、周到に論じることができる人が出てきたわけですね。

日本の文学は明治四十年以後ようやく百年経とうとしています。もうすぐ自然主義発生百年になるわけでしょう。そろそろ日本文学は変るところにきたんじゃないか。山崎正和の出現は、その証拠の一つになると僕は思っているんですよ。

——先ほども言いましたが、丸谷さんは山崎さんとずいぶん対談されていますね。数年前に、百回記念対談というのまでありました（笑）。山崎さんと話をするのは、それだけ刺激がある、楽しいことなんですか？

丸谷 だいたい子供の頃から、僕のものの考え方を面白がってくれる人なんてほとんどいなかったわけですよ。「変なことを言う子だよ」と、子供のときから当惑されてばかりいた。あるいはそんな感じが強かった。ところが山崎さんは、面白がってくれたんですね。中村真一郎さんもそうでした。それが僕にとって、実にありがたかったわけだ。

——その点、山崎さんと丸谷さんでは、思考上の共通点というか、前提となるものがあるんでしょうね。

丸谷　一つには、いままでの常識的な枠組を壊して、新しく考え直すということ、それが二人とも好きなんでしょうね。

もう一つは、政治的イデオロギーで物事を論じないということ。健全な文明論、文明批評が、考え方の根底にあるということですね。

それに山崎さんは一体にガラがいいですよ。道学的な言説をふりまわさないでしょう。どうも日本の評論家は、例外はもちろんあるけれど、概して、他人に対しては倫理的にきびしくってね（笑）。

さらに言えば、山崎さんという人は、文学青年のように、荒れたり、凄《すご》んだりということがない。ロマンチックじゃない。ジイドは「古典主義は抑制されたロマンチシズムである」と言ってますが、そういう意味で古典主義的ですね。それから陰惨な抒情性で泣き落しをかけるという趣味がない。だから、話していて楽しいんです。

昔の文藝雑誌では「サロン」という言葉はマイナス方向で使われてましたね。「サロン的なふやけた雰囲気」なんて。どなりあったり、なぐりあったりするのが立派だった（笑）。でも、それだから、文学藝術を育てる場がなかったんですよ。山崎さんや僕の考え方では「サロン」はプラス方向の概念です。

大体ね、文藝評論で凄むのはおかしいよ。たとえば小林秀雄さんの『徒然草』論、あれはひどく孤独な兼好法師が出てきますね。最後は、栗しか食べない美しい娘がいて、親が結婚を許さないという『徒然草』の一つのエピソードで終る。一人合点な終り方で、なんだか訳のわからない兼好法師論なんだけども、みんなが感動するわけだ。孤独ということを言われると、みんなが参っちゃうんですよ。でも、ご託宣めいたモノローグ的な評論ですね。

ところが山崎さんが兼好法師を論じると、社交的な人間だから孤独が深まるし、孤独があるから社交的なんだというふうに捉えるわけですね。これはバフチン的方法ですね。精神と世界との関連、それが大事なわけでしょう。そういうところは、僕は非常に大事なことだと思ってますね。

――お話をうかがっていると、丸谷さんがこの三人の方々と同時代にいたのは、とても幸せだった気がしますね。

丸谷　この三人に共通するのは、考え方の約束事に遠慮しない人々であったということです。既成のパターンにもの怖じしない。だからこそ、僕の考え方と共通するものを非常に感じ、励まされたんですね。

逆に言うと近代日本文化には奇怪な約束事の枠組が強固にあって、僕はそれを壊さなければならなかった。

レッスン3

思考の準備

考えるためには本を読め

――今回は「思考の準備」です。

丸谷 ものを考えるに当って、どんな準備をすべきかという話ですね。考えるための準備と言われてまず思い浮ぶのは、「読書」でしょう。ものを考えるには、本を読むことが最も大事なことだという気がします。

こう言うと、音楽は聴かなくていいのか、絵は見なくていいのか、芝居はどうだ、と他にもいろいろ出てくるかもしれない。そもそも、人間、生きてなければ考えることもできないわけだから、思考の大前提には「生きる」ということがある。でも、まあそれは当り前だから、まず本を読むことについて考えましょう。

まず第一に、本を読む上で一番大事なのは何でしょう？

僕は、おもしろがって読むことだと思うんですね。おもしろがるというエネルギーがなければ、本は読めないし、読んでも身につかない。無理やり読んだって何の益にもならない。

本の読み方の最大のコツは、その本をおもしろがること、その快楽をエネルギーにして進むこと。これですね。

誰のセリフだったかなあ、「読書は人間がベッドの上でおこなう二つの快楽のうちの一つである」という言葉があります。もう一つの快楽が何かは言うまでもないけれど、それくらい楽しいことである（笑）。ただ、僕はこのセリフには不満があるんですね。どうもこの人は、純粋な睡眠の快楽というものを忘れているんじゃないか。ちょっと手抜かりな発言だなと思うんだけれど、睡眠は快楽でない人がいるんですね。不思議だなあ。

逆に言えば、「おもしろくない本は読むな」。誰から勧められた本でも、読みはじめておもしろくないと思ったら、そこで止める。よく『必読書百選』といった類があって、読んでないとどうも具合が悪い思いをすることがあります。でも、おもしろくないと思ったら、断固として「これは読まなくてもいい」と度胸を決める。それが大事ですね。もっともたまに、後になってやっぱり読んでおいたほうがよかったなあと思うこともあるけれど……（笑）。

僕は、森鷗外訳の『即興詩人』という本がちっともおもしろくなかったんです。十代の頃から何度も読もうとしたんですが、どうしても気が乗らなくて、放り出してしまった。

何かのときに鷗外論を書くことになって、鷗外と小説との関係について考えたんです。「そもそも、鷗外が一番好きな小説は何だったんだろう？」と。そう考えると、あれだけ長いものを訳したんだから、『即興詩人』だと思わざるをえない。そこで初めて『即興詩人』を全部読みました。

小説としてはやはりつまらなかったけれど、このとき、おもしろい発見をしたんです。「なるほど鷗外という人は、こういうデカダンスのない小説が一番好きだったのか」と思った。これで僕の鷗外に対する考えがはっきりした。

鷗外の小説がつまらないのは、頽廃《たいはい》というものに対する関心がない、関心があってもそれを抑圧する、つまり美談主義だからなんです。たとえば『そめちがへ』という花柳小説がある。あれは花柳美談ですね。しかし、花柳小説というのは頽廃があるからおもしろいんで、美談にしてしまったらおもしろくも何ともない。そういう鷗外の美談主義は、『即興詩人』が大好きで訳したところに一番はっきり出ているのではないでしょうか。

そんなこともたまにはあるけれど（笑）、おもしろくない本を我慢してねじり鉢巻で最後まで読んで、ちっともわからない、というんじゃつまらない。たまに読まないで損することがあっても、その時間、別の本をおもしろがって読んで得られる利益にくらべれば、問題にならないんじゃないでしょうか。

――素朴な質問ですが、読書の効用とは何でしょうか？

丸谷　読書の効用は、三つあると思うんです。

第一は、情報を得られるということ。

三浦雅士さんだったかな、「本を読むことはどうしてこんなにおもしろいんだろうか。その理由は明白で、世界は自分の知らないことで充ちているからだ」と言ったけれども、これまで知らなかったことを教わるのは楽しいことですね。「世の中にはこんなこともあるのか」という驚き、それ自体が楽しいし、同時に得をする。でも、読書で情報が得られるというのは、当り前のことだとも言えます。

二番目の効用は、本を読むことによって考え方を学ぶことができる。

僕がそのことを体験したのは子供の頃読んだ山本有三の「日本少国民文庫」でした。その中に、吉野源三郎が書いた『君たちはどう生きるか』という少年小説がありました。僕はこれにたいへん感銘を受けたんですね。

ご存じでしょうが、この作品の中には、コペル君という少年が出てきます。彼は、実にいろんなことを考える。社会というものはどういうものであるか、貧しさとは何か、英雄とは何か……。そんな大問題を、コペル君は叔父さんと一つずつ考えて行きます。

ニュートンのリンゴから始まって、引力について考えるところがありましたね。リンゴが二十メートルのところにあったらどうなるか。やっぱり落ちてくる。二百メートルでも同じだ。だったら、どんどん高くして月の高さにリンゴがあったら落ちてくるだろうか？　じゃあ、なぜ月は落ちてこないのか？　これは叔父さんがしゃべることだけれど、読みながら、思考の筋道を一緒にたどって行くことができるんですね。

僕はそれまで、ものを考える人間が出てくる小説というのは読んだことがなかったので、びっくりしましてねえ。登場人物にものの考え方を教わる、それは実に強烈な体験でした。

この本が出たのは昭和十二年ですが、貧富の差について考えたり、上級生の暴力を批判したり、「人類の進歩と結びつかない英雄的精神は空しい」とあったり、中身は驚くほど自由主義的です。丸山眞男さんが、この本の「社会はどういう仕組のものであるか」をコペル君が考えるところを読んで、「これは『資本論』の解説なんじゃないかと愕然とした」と言うんだね（笑）。つまりあれは、反軍国主義の書だったわけです。そんな雰囲気が子供心にもわかって、いっそうおもしろかったんでしょうね。

次に、ものを考える人が出てきておもしろいと思ったのは、ジョイスの『若い芸術家の肖像』でした。ジョイス自身と重なる主人公のスティーヴン・ディーダラスは、子供のときから青年期の初めまで、ものを考えづめに考える。宇宙から始まって自分自身についてまで、あるいは「美とは何か」といったことをしょっちゅう考えている。それがとてもおもしろかった記憶があります。

ただ、例のディーダラスの美学論はよくわからなかったなあ。いまでもかなりあやしいけれども……(笑)。

こう考えると、僕がジョイスという作家に興味を持つようになったのは、吉野源三郎のお蔭かもしれない。意外な組合せだね(笑)。

ジョイスよりも前に、中学二年か三年の頃ドストエフスキーの『罪と罰』も読んだんですが、こっちは、考える青年を描いているということがピンとこなかった。ラスコーリニコフは考えづめに考えて、自分が金貸しの老婆を殺すのは正当なことだという結論に達するわけですね。でも、その頃は、こっちは中学生だから、読むだけでたいへんだったんです。あれはあんまり早く読みすぎたね。もう一つ、あの頃のロシア文学の翻訳はなんだか情緒的で、そういうところがあまり明晰な感じで迫ってこないんですね。

小説ではないけれど、このあいだ読んだ『絶滅のクレーター』(月森左知訳、新評論)という科学書も、登場人物の考え方の筋道が書いてあって、とてもおもしろい本でした。なぜ恐竜は絶滅したのかということを書いた本です。

著者のウォルター・アルヴァレズは地質学者ですが、父親はルイス・アルヴァレズというノーベル賞を受賞した物理学者なんです。ところが、両親が離婚して、息子のアルヴァレズは母親のもとで育てられ、父親とは付き合いがなかった。父親は地質学に関心のない人で、地質学は母親の趣味だった。地質学者になった息子は、恐竜が絶滅した原因は小惑星が地球に衝突したためではないかという仮説を立てます。そして、長い歳月のあとに再会した父親が、息子のこの研究に熱中するんですね。のめりこむ。こういうところ、家族小説的な味がある。

息子は、仮説は立てたものの、その説明がうまくできないまま、アフリカへ探検に行く。そのあいだ、父親が、惑星衝突と恐竜の絶滅を結びつけるシナリオを一生懸命考える。毎日のようにシナリオをつくっては検討し、スタッフに検討させ、ダメだとわかって捨てるという作業の繰り返しです。

ある日、父親は、前に雑誌で読んだ論文のことを思い出します。一八八三年五月に起ったジャワとスマトラのあいだにあるクロカトア島の火山の爆発について書いた論文で、この噴火は近世の世界火山活動における最大級の爆発なんですね。噴火によって島の三分の二が飛び散り、高さ二十メートルの津波がジャワ島を襲って、三万六千四百十七人の死者がでた。そして、その爆発音はトルコのイスタンブールや南アフリカでも聞えたというんですね。

——信じられないですね。ほとんど地球の裏側まで届いたわけだ。

丸谷　うん、すごいね。さらに世界各地で数カ月間、日の出、日没時に太陽が異様に見え、世界全体の気温が、数年のあいだ下がったそうなんです。火山爆発の破片が、空中に漂い、そのせいで日の光が遮られたためです。ここで父親は、ハッとひらめく。直径十キロの小惑星が秒速数十キロで衝突すると、その運動エネルギーは水爆一億発に相当する。舞い上がった破片や塵が世界中を覆うと、太陽の熱が遮られ、地球の温度は急激に下降する。当然、植物相が変り、そのために食物連鎖の頂点にいた恐竜が死滅したのではないか、と。

これは、読書の効用の一と二、つまり「情報」と「考え方」を両方とも教えてくれる、役に立つエピソードだと思うんです。読書によって得た情報を活用し、仮説を立てて考えて行くことで、素晴らしい成果をあげることができる、と。

——丸谷さんは文学だけではなくて、恐竜にも造詣が深いんですね（笑）。そう言えばこのあいだ、池澤夏樹さんが「週刊文春」の読書欄で、丸谷さんのものの考え方が「自然科学者みたいだ」と書いてました。

丸谷　しゃれたからかい方だなあ（笑）。でも、僕に言わせると、アルヴァレズ父子の想像力を駆使しての探求が文学的なんですよ。

登場人物が思考の道筋を語るのではなく、本全体としてある考え方を示している場合もあります。むしろそれが普通ですね。だから本を一冊読んでおもしろかったり、感心したりしたら、そのままにしないで、著者のものの考え方は何が特徴か、どのように論理は展開されているか、と考えると、とてもためになります。

――そう言えば、丸谷さんの本も、思考の筋道が楽しめますね。なぜこんなことが、という謎がまずあって、大胆な仮説が提出される。そこから話は、突然、横道に入るんだけれど、少しずつ本筋に近づいて、アッと驚く結論に至る。

丸谷 あれは探偵小説と同じなんです。探偵小説というのは必ず寄り道があるでしょう。ああしないと早く終っちゃうから(笑)。

さて、読書の三番目の効用は、書き方を学ぶということでしょう。

本を読んでおもしろいと思ったら、それがどのような書き方をされているから感銘を受けたのかを考える。これも大事ですね。

ノンフィクションなら、第一部、第二部、第三部がどのような関連でつなげられているか。第一章に結論があり、第二章以下でそれを解きほぐして行くというふうにして書いてあるとすれば、これを逆に書けばどうなったろうか。小説だったら、第一章と第二章で時間がどう変化しているか。あるいは第三章で登場する新しい人物は、どういう効果を上げているか。そんなふうに、本の書き方について分析的に見てみると役に立ちます。

小学校の上級生のときだったと思いますが、僕は小説家になりたいという自分の希望を、初めて従兄弟に打ち明けたんです。従兄弟は山本甚作という画家で、先般亡くなりましたが、その頃は上野の美校の学生でした。いまの藝大ですね。そのとき、彼は僕にこうアドバイスしてくれました。

「小説家になりたいなら、大学で外国文学を勉強して、外国の小説の翻訳をやって、小説の書き方を勉強せよ」

画家にとって、模写は基本ですから、西洋のものを勉強するのは当り前なわけです。そういう一種伝統主義的な態度を、小説に当てはめて教えたんでしょう。

僕はこの従兄弟を尊敬してましたから、なるほどそういうものかと感心した。いまになって考えてみると、その尊敬はなみなみならぬものがあって、僕はこれまで、まったく従兄弟の忠告どおりにやってきたわけです（笑）。

僕が翻訳をしたのは、ほとんどの場合、自分の小説の勉強のためでした。事情があって、ちっとも感心しない小説を訳したものも一つ、二つあるけれども（笑）、だいたい読んでおもしろいと思った小説しか訳さなかった。これはずいぶんためになりましたね。

本をどう選ぶか

——情報を得る、考え方を学ぶ、書き方を学ぶという三つの効用が読書にあることはわかりました。ただ、世の中、いい本ばかりじゃない。役に立ちそうもない本もずいぶんあります。その中で、どれを選んで読めばいいのか、迷うことが多いのですが。

丸谷　僕もよく「どうやって本を選べばいいんですか」という質問を受けることがあります。しかし、これは、読みたい本を読むしかないんですね。

言葉の言い換えみたいだけど、問題は「どういう本を読みたくなるか」というところにあるんじゃないでしょうか。要するに「本の読みたくなり方において賢明であれ」と言うしかない。そこに「趣味」という問題が一つ加わるので、なかなかむずかしいわけですが……。

話はちょっと飛びますが、「趣味」というのは、たいへん大事な問題なんですね。ところが、その重要な要素を見すごしてすべてのものを論じるのが、現代日本文化の悪癖だと僕は思っているんです。文学を論じるときも、政治についても、教育問題にしても、趣味の良し悪しということがまったく視野に入ってないでしょう。

僕は、検定制度というものにそもそも反対ですが、それは別として、いまの小学校の国語教科書の文章はほんとうに趣味が悪い。ただ単に趣味が悪い。戦前の教科書のほうが、イデオロギー的にはおかしかったけれど、文章の趣味という点ではまだマシです。

単に個人の問題ではなくて、一つの社会全体が趣味ということを忘れてしまったものだから、日本がおかしくなった。しかも、そこのところを論じる批評家、評論家がいない。それがいまの論壇の大問題だと思うんです。みんな政治と経済の問題ばかり論じて、趣味という局面が完全に抜け落ちている。

たとえば田中角栄を語るときに、倫理的に許されないとか、いやそれでも有能だったとか、そんなことだけを論じる。僕は、ああいう書き方は評論家の態度としておかしいなあという気がするんです。あれはなんと言ったって趣味が悪いんだよ（笑）。そういう見方をしてる人、あまりいないでしょう。

山崎正和さんが二年間、朝日新聞の「論壇時評」を担当していました。あれは僕はとてもよかったと思っているんです。しばしば行間に、ときどきは歴然と文章の中で、趣味という問題が論じてあるような気がした。一体に山崎さんが「論壇時評」を書き、池澤夏樹さんが「文芸時評」を書いたあの二年間、時評が二つ揃ってあんなに立派だったのは、朝日新聞百年の歴史で初めてのことじゃないかなあ（笑）。

――それにくらべると、昔の批評家は、はっきりした趣味を持っていたでしょうね。

丸谷　戦前の日本人の趣味のよさはむしろ随筆に出てましたね。評論という形では表わしにくい性格のものでした。このあいだ木下杢太郎の、本の装釘のことを書いた文章を読んで、感心しましてね。植草甚一ふうに言うと（笑）、唸《うな》っちゃった。しかしそこにはただ高級な感覚があるだけで、装釘についての自分の説が展開されていないことも事実なんです。昔の洗練された趣味というのは、最上の場合でもそういうものでした。

本の選び方に戻りましょう。

石川淳さんが朝日新聞から「一冊の本」という題のコラムに原稿を依頼されたことがある。その書き出しがたしか、「本来なら一冊の本といふことはあり得ない」という文章でした。たくさんの本の中にあって初めて、一冊の本は意味があるのだ、というようなことを書いていらした。

僕は、その通りだと思うんですね。孤立した一冊の本ではなく、「本の世界」というものと向い合う、その中に入る。本との付き合いは、これが大切なんです。

たとえば、芥川龍之介の短篇集だって、一つだけで孤立して存在しているわけではない。その周りには、師である夏目漱石の本、あるいはやはり師とも言える森鷗外の小説、さらに芥川のお手本みたいなアナトール・フランスの短篇集などがある。

また、『侏儒の言葉』はアフォリズム集ですから、萩原朔太郎のアフォリズムとか、ニーチェのアフォリズムといったものもある。その中で、芥川龍之介という作家の存在が出てくるわけでしょう。そういったことを意識しながら本を読むのが大事だと思うんです。

ここで思い出すのは、マクルーハンの『グーテンベルクの銀河系』(森常治訳、みすず書房)のことです。これは、本というものが写本から印刷に変り、そして電気仕掛けのメディアになろうとしている現在、何がどう変ったのかを論じたメディア論です。

この本には序文があって、冒頭に、「本書はさまざまな点で、アルバート・B・ロードの『物語詩の歌い手』の続編的役割をはたすものである。ところで、ロード教授の仕事自体が、ミルマン・パリーのホメロス研究の続編であった」とあります。

ずいぶん人を喰った序文ですよね。自分が書いた本の続きというならわかるけれども、ずっと前に他人が書いた本の続きだというんだから（笑）。

一体にマクルーハンは奇抜な趣向が好きでしてね、『ジョイス・マラルメ・新聞』という題のジョイス論も書いている。

――マクルーハンにジョイス論があるなんて、知りませんでした。

丸谷　こちらもかなり派手好みの評論ですけどね。そもそも彼はモダニズム文学の徒なんです。モダニズムを一ひねりすると、ああいう社会学者が出てくるんじゃないのかなあ。

『グーテンベルクの銀河系』に話を戻しましょう。

序文に出てきたミルマン・パリーの『ホメロス叙事詩の形成』（一九二八）は、ホメロスの叙事詩はどういう具合にしてできたかを論じたものなんですね。『イリアス』や『オデュッセイア』は、確定したテクストがまずあったのではない。粗筋があり、言い回しの型があって、吟遊詩人が毎回、自分で細部をつくりながらそらで語ったものだ、と。さらにパリーは、ユーゴスラヴィアに生きている吟遊詩人たちの実態を調査し、それがホメロスの語り口とよく似ていることを発見した。ところが彼は若死にしました。その研究をさらに発展させたのが、アルバート・ロードの『物語詩の歌い手』(一九六〇)です。ロードもやはりユーゴスラヴィアの吟遊詩人の語り口を調べ、文字ではなく、口承という条件の中で詩がどのように成立したかを論じています。日本でも、松本仁助さんの『ギリシア叙事詩の誕生』という本が、世界思想社から出ていて、これを読むと、パリーとロードの研究の粗筋がよくわかります。

マクルーハンは、パリーとロードが大昔についてやったのと同じことを、本が印刷から電気仕掛けに移るいまという時期について、自分もやるのだと宣言しているわけです。この本が出たのは一九六二年ですが、翌一九六三年に、エリック・A・ハヴロックという人が、『プラトン序説』(村岡晋一訳、新書館)を書きます。

プラトンが『国家』の中で、「理想国家からは詩人は追放されなければならない」と主張している。これが昔から大問題で、なぜ詩人が追放されるのか、無茶苦茶じゃないかなんて侃々諤々《かんかんがくがく》の議論がかわされてきたんですね。

『プラトン序説』は、この場合の詩人とは、ホメロス型の吟遊詩人のことを指しているのであって、今日われわれが意識している詩人——たとえばシェリーやボードレール、ヴァレリー、エリオットといった詩人のこととは違うということを書いています。つまり、文字ではなく口承で歌う吟遊詩人たちこそが追放されなくてはならなかった。プラトンは吟遊詩人的な口承の文化の上にではなく、文字による新しい文化の上にその哲学をうちたてた、と考えるわけです。これは、マクルーハンとはまた違うかたちで、パリーの本とロードの本を継承したものですね。

さらに一九八二年に、W・J・オングの『声の文化と文字の文化』(桜井直文他訳、藤原書店)が出版されました。これは翻訳もいいし、ぜひ読むべき名著ですが、この本もまた、ロード、マクルーハン、ハヴロックなどを受けて、文字以前の「声の文化」について研究したもので、私たちがいま、人類史全体の文化史的移り変りのなかで、どういう時代に生きているか、非常によくわかります。

このように、本の世界は、一人の著者が何人もの著者にバトンを渡して行く。受け取った何人もの著者がまた走って行って、さらに何人もの人にバトンを渡すという仕組で次々とつながって行く。それによって、人間の文化は続いてきたわけです。この経路を考えながら本を読めば、より明快な見通しが出てきて、本がさらによく理解できると思います。

――しかし、その最初の一冊目をどうやって手にするかという問題は、依然としてあります。

丸谷　コツがないわけじゃない。コツの一つは書評を読むことですね。そうすれば、かなり本選びのカンがわかります。

と言ったって、普通は書評の読みっぱなしでいいんですよ。「ちょっとおもしろそうだ」ぐらいでみんな読もうとしたら、とても身が持たないもの（笑）。

うんと感心した書評があったら、読んでみる。そして、もう一つ大事なのは、その書評を書いた人の本を読んでみることです。この二つをやるととても具合がいい。別の言い方をすれば、ひいき筋の書評家を持つことですね。

僕はイギリスの新聞で、シリル・コナリーという批評家とV・S・プリチェットという小説家兼批評家——この二人の書評を愛読していました。さらにその二人の作品を読むことによって、ずいぶん啓発されました。

日本でも、たとえば経済学者の日高普《ひろし》さんが毎日新聞で書評を書いてますが、これが実にうまい。書評で取り上げられた作品を読んでおもしろかったら、ぜひ日高さんご自身の本を読んでみてください。『マルクスの夢の行方』（青土社）とか『日本経済のトポス』（青土社）とか。『日本経済のトポス』はいわば文化史的な日本経済史でして、大づかみな、しかし小手のきいた展望の書です。もっと読まれていいのにね。題のつけ方がよくなかった（笑）。

もう一つ、僕がお勧めするのは、学者の本を読むことなんですね。

以前僕は、入門書の選び方について書いたことがあります。そのとき、言ったのは、「偉い学者の書いた薄い本を読め」ということでした。例にあげたのは、荻生徂徠の

『経子史要覧』、あるいはコーンフォードの『ソクラテス以前以後』(岩波文庫)。どちらもとても薄い。逆に、決して読んではならない入門書は、偉くない学者の書いた厚い本。こっちは書名をあげるのはやめておいた(笑)。

学者の本というと、「むずかしそうだ」と怖じ気づいてしまうけれど、これはなんと言っても読むべきです。なにしろ彼らは、優秀な人はうんと優秀だし、一生それ専門で勉強してるからよくできる。

学者の本をみんなが敬遠するのは文章が固くってわかりにくいからですが、昔と違って、日本の学者もずいぶん文章がうまくなりました。それに、なんだか西洋の種本のまる写しといった傾向も減ってきてるでしょう。翻訳もよくなったしね。たとえばピーター・ゲイの思想史の本なんか、読むと得をしますよ。それから、これは学者というとおかしいかもしれないけれど、デズモンド・モリスの動物学の本。発想に花があって僕は好きですね。

ひいきの書評家をつくれと言いましたが、この場合も、ひいき筋の学者を持つことをお勧めします。学者をひいきするのは、タレントをひいきするより、はるかに長持ちする(笑)。歌舞伎役者は別にしても、タレントは二年か三年で消えて行くでしょう。それにくらべれば、学者は、一人発見したら二、三十年、いやもっと持ちますからね。たとえば宮崎市定さんの本、これなんかほんとうに長持ちでしょう。それから大野晋さんの本、これも長持ちする。そういうふうにひいきの学者を決めて、その人の本は必ず読むようにする。すぐに読まないまでも、一応は買っておいて、気が向いたときに開けてみる。それをぜひお勧めしたい。

吉田健一さんがどこかで書いていました。文学の学者の話ですが、「イギリスの学者は日本の学者と違って、たとえば折口信夫《おりくちしのぶ》のように、学問ができて、しかも文学がわかるという人がいっぱいいるのである」と。事実そうなんで、それがほんとうの学者というものです。

ちょっと余談になります。

折口さんが、何か宮中のパーティに出た。帰りに岡野弘彦さんが駅へ出迎えに行ったら、「きょうは実にいい人に会った」と言って、ひどく喜んでいた。「文学についての考え方が私とまったく同じ人に会った」って。それが吉田健一さんだったというんです。これが契機で、吉田さんが国学院に出講するようになったわけですね。

その先にもう一つ話があります。これは誰から聞いたのか忘れたけれど、吉田さんのお母さんは、いまの歌人では折口信夫が一番好きだったというんですね。そう考えると、趣味の遺伝というのかな……それが成立する（笑）。

僕はその話を山口瞳さんにしたら喜ぶだろうなと、ずっと思っていたんです。山口さんは吉田健一さんが好きだったし、いつも色紙に書くのは折口さんの歌でしたからね。

ところが、いつ会っても忘れてしまって、とうとう話をしないままになってしまった。いまでも心残りです。

元に戻りましょう。

学者の書いたもので意外に忘れられているのが、百科事典などの大項目です。大項目は大物が書くことが多いんですね。ある程度の分量もあって読みでがあるし、長すぎもしない。その分野の全体の展望をつかまえるには、あれほど具合のいいものはありません。

学者ではないけれども、イギリスにアントニー・バージェスという小説家＝批評家がいます。『時計じかけのオレンジ』の作家ですね。彼が、『エンサイクロペディア・ブリタニカ』の「小説」という項目を書いている。四百字で二十五枚か三十枚ある堂々たるもので、しかも実におもしろい。

その中でバージェスが、「小説の長さについて言うとすれば」として次のようなことを書いています。

「理論的には小説の長さはどんなに長いものでも可能である。しかし、ある程度以下に短くなると、それは小説ではなくなって逸話になる」

これは、小説と小説以外のものとの違いを上手に説明してますね。ショート・ショートや掌の小説と違って、たとえば『徒然草』にある虚無僧の決闘の話なんかは小説と言えない。どうも物足りない。これをくどくど説明すると厄介なことになるんですが、逸話という概念を持ち出して、すっきりと処理しています。書き方に藝がある。

他にもバージェスは、小説についていろんなおもしろい視点で論じています。たとえば、小説が読者に与える影響について――。

「小説は読者に対していろんな影響を与える。しかし飲み食いという点で影響を与えるのは映画であって、小説はそういう点では影響を与えない。マティーニのつくり方を流行らせたのは、イアン・フレミングの小説ではなくて、それを映画化したものであった」

うまいことを言うでしょう（笑）。ただし僕は、これにはちょっと異論がある。吉本ばななさんの小説のお蔭で流行ったお菓子があったでしょう。

――ティラミスですか。

丸谷　あれは映画ではなくて小説だった。ああバージェスさんは吉本ばななさんを知らないわけだ、と（笑）。

――日本の百科事典の大項目にも、そんなおもしろいものがありますか？

丸谷　集英社から出た『世界文学大事典』で、川村二郎さんが「批評」の項目を書いてましたね。これはおもしろかった。「学問という円とエッセイという円とが重なった部分、その部分を『批評』と呼ぶ」なんて、なかなかうまい説明だと思いました。ことに川村さんの書く「批評」にはぴったりだなと思って。それにしても、学問とちっとも重ならない批評が日本には多いねえ（笑）。

――「小説」とか「文学」といった大項目を書くのは、禅の公案のようなものですね。「小説とはなんぞや。答えよ」（笑）。書くほうはたいへんでしょう。

丸谷　忘れてはならないものが、もう一つあります。学者の書いた回想録、自伝、伝記、インタビュー、これはその人のものの考え方がはっきりと出ることがあって、とても参考になります。たとえばゴンブリッチという美術史学者に、『生涯を通じての関心』という、インタビュアーによる自叙伝がある。これがおもしろいんですね。

インタビュアーがときどき変なことを聞くんです。「ところで、額縁は必要なものですか」なんてね（笑）。それにゴンブリッチは答える。

「それは必要である。第一に、どこからどこまでがその絵であるかを指定するために必要である。第二に、額縁は金で塗ってあって、花や蔓草《つるくさ》、笛を吹いている天使などが彫ってある。それは額縁の中にあるものが非常に貴重なものであることを示す」（笑）

僕はなるほどうまいことを言うもんだなあと感心しました。インタビューは、概してわかりやすいし、ちょっとした言葉の中に深い内容が込められていて、とても刺激的なんですね。

レヴィ＝ストロースの『遠近の回想』（竹内信夫訳、みすず書房）という自叙伝も、たしかインタビュー形式でした。

レヴィ＝ストロースのお父さんは、売れない絵描きだったのね。お父さんがキュビスムの絵を初めて見て帰ってきて、家族にその話をしたんだって。幼いレヴィ＝ストロースはそれを聞いて興奮して、これがキュビスムというものだろうという絵を自分で想像してパステルで描いたというんです。

これを読んだとき、なるほど、偉い人は違うもんだなあ、積極的だなあ、レヴィ＝ストロースはよほど絵が好きなんだなあ、と感心した。そう言えば、彼の発想にはどこか絵画的なところがあるでしょう。「生《なま》のものと火にかけたもの」とかいう例の分類など、イメージがくっきりしていて油絵みたいな感じがする。

レヴィ＝ストロースは、ピカソについてこんなことも言っています。

「ピカソの天才性は、絵画がいまも存在しているという幻想を与える点にある。油絵という名の難破船がわれわれを海岸に打ち上げる。そうするとピカソは、その漂着物を集めて何かをつくる、そういう人だ」

これは名前を入れ換えれば、まるでジョイス論になるんじゃないかなあ。小説という名の難破船がわれわれを海岸に打ち上げて、その漂着物を集めて何かをつくったのが、ジョイスかもしれませんね。

――名言ですね。

丸谷　うまいでしょう。偉い学者が自分の学問の範疇《はんちゅう》からちょっと離れたところでものを言うと、まったく新しいものの見方をつかまえることがあるんですね。

言葉と格闘しよう

丸谷　ここで、一体本というものは何でできているのかということを考えてみましょう。当り前ですが、白い紙と黒いインキでできているわけですね。その黒い部分というのは、文字であり言葉であって、言葉の連続でできているのが本であるわけです。

ところが、言葉の使い方は、当然、人によって少しずつ違う。ことに観念語は幅がある。にもかかわらずおおむねは似通っているために、他の人にも通用するわけですね。たとえて言えば、百円のコインが、つくった機械の状態や擦り減り方で少しずつ違うけれども、だいたいは通用するのと似ているかもしれない。いや、言葉の場合は、それよりもっと差異が大きいでしょうね。

たとえば「現実」という言葉を、Aの人と、Bの人と、Cの人とはかなり違った意味で使っている。でもだいたい話は通じます。そういう不思議なものなわけでしょう。

ところが日本の場合、外国とくらべて言葉の使い方がさらに曖昧なんですね。「言葉のストライク・ゾーン」なんて言い方を僕はしますが、つまりその中に入っていれば、言葉の意味として正しいとみなされる範囲、それが外国語の場合のほうがずっとはっきりしている。日本人の場合、ストライク・ゾーンが非常に朦朧としていて、投げる投手ごとに千差万別である、そんな傾向があるような気がします。

それだからなおさらですが、本を読む場合、言葉の使い方に注意しながら読むことが大切です。著者がその言葉をどのような意味で使っているかを、批判的、分析的に読む。ストレートな意味で使っているのか、皮肉で使っているのか、婉曲表現で使っているのか、自己流で使っているのか。それを考えないと、字面をなぞるだけに終って、行間を読む、眼光紙背《がんこうしはい》に徹するということにはならない。

前に「日本少国民文庫」の話をしましたね。僕は小学生のとき、このタイトルを見て、「なんでこんな題をつけたんだろう」と不思議でならなかったんです。「少国民」とか「国民」といった言葉は僕は嫌いだったし、そもそも、中に書いてあることと、ずいぶん感じが違う。中身はむしろ、「国民」といった言葉に反感を持つ人たちが集まって書いたような感じがする。それがなぜ、「日本少国民文庫」なんだろう?

ずいぶん考えて、そのうちにハッとわかったんです。「これは世を忍ぶ仮の姿であって、検閲とか、文部省、陸軍といったものを言い紛らすための表現なんだ」と。なるほど、言葉というものはこんなふうにいろいろ使うものなんだなあと、子供心におもしろかったのを覚えています。

　逆に、哲学書の翻訳があんなにむずかしいのは、言葉の使い方、その語感、言葉に一つ一つかかっているバイアスのようなものを考えないで訳しているからじゃないかなあ。ニーチェに、『この人を見よ』という自叙伝的な作品があります。「なぜわたしはこんなに賢明なのか」というとんでもない題の章で始まる本です。それを安倍能成の訳は、大真面目に受け取って訳している。ところが手塚富雄先生の訳では、ユーモアとして訳してあるんです。ニーチェは余裕のある上機嫌で書き出して、途中からだんだん本気になってきたのでしょう。そのユーモアに気をつけて訳してあって、なるほどと納得したことがありました。言葉は、その使い方にかかっているねじれ、色調、ニュアンスといったものが大事なんですね。

　僕の先生である英文学の平井正穂先生が戦後すぐに書いたエリオット論の中に、エリオットの文化論には「われわれ（we）」という言葉がしきりに出てくるけれど、この"we"とは何であるかと考えるところから始まる評論があります。

　平井先生は、これは「白人で欧米人でキリスト教徒」という意味であるとするんですね。ですから、われわれ日本人はこの中には入っていない。そこからエリオットを論じて行った。

普通われわれは、"we"は何か、どういう人間を指すか、なんてことは考えないで読む。平井先生はそこまで考えて読むわけですよ。僕はそういう読み方にとても教えられました。

——一つの言葉に込められたニュアンスを取り違えると、全体の論旨も読み誤ってしまうことがあるわけですね。

丸谷　そうです。

一体に日本の評論は——文藝評論でもそれ以外の評論でも——、文体を論じるということがほとんどない。日本の近代文化は文体を軽視する性格のものでした。たまに文学者が文体のことにこだわると、それは単なる個性の表現としての文体の話、文明と関連のない根性論的文体論でした。

「丸山眞男の文体について」なんて書いた人いる？　まだいないでしょう。あれだけ丸山眞男論はいっぱいあっても、彼の文体には関心を払わない。しかし、文体に気を配って読まなければ、ほんとうに文章を理解することはできないんじゃないか、僕はそう思ってるんですね。

子供のときから僕は、文体が気になる質《たち》だったんです。そのせいもあって、ジョイスに熱中した。『ユリシーズ』の第十四挿話を訳すときも、文体をずいぶん工夫しました。第十四挿話は、古代英語から現代の話言葉まで、イギリス文体史の総まくりのかたちで書いてある。だから、訳すときは、日本文体史総まくりで訳さざるを得ない。祝詞《のりと》、古事記から始まって、源氏物語、平家、西鶴、漱石、谷崎……と、文体をどんどん変えて訳したんです。そんなことをやったお蔭で、日本語の散文の文体がどう移り変ってきたかというのがかなり頭に入っているんですね。

文体ではこういう話があります。『後鳥羽院』を書いたときのことです。『後鳥羽院御百首』という百首歌があって、院が隠岐島で詠んだ百首歌ですが、僕はそれを「続群書類従」で読んだ。ところが、ところどころ詞書でも歌でもないものがまじっているんですね。

我こそは新じま守よ沖の海のあらき浪風心してふけ

という有名な歌には、

「われこそはと云ふ肝要なり。家隆卿隠岐国へ参り、十日ばかりありて帰らんとし給ふに、海風吹き帰りがたければ、我こそ新じま守となりてあれども、など科《とが》なき家隆を波風心して都へかへされぬとあそばしける。されば俄に風しづまりて家隆卿都へ帰られしとなり」

という話が、すぐ後にくっついている。普通の、島流しされたかわいそうな天子様が沖の浪風に向って、もっと静かに吹いてくれと哀願するという解釈と違って、島流しにされた国王が海に向って、おれの言いつけどおりにしないと承知しないぞと脅迫している。小学校の国史教科書で教わった、メソメソしている後鳥羽院とまるで違う。一体これは何だろうと不思議でねえ。

国学院の国文の教授の佐藤謙三さんに電話をかけて、その部分を読み上げたんです。「これは何ですか」と聞いたら、佐藤さんは即座に、「文体から推して、室町のものですね」とおっしゃった。

「室町の連歌師がつけた注でしょう。図書館に行くと『群書解題』という本がありますから、それをごらんなさい。詳しく書いてありますよ」

電話で聞いただけで、「あ、室町の連歌師ですね」だからねえ。僕はただ「はあ」と恐れ入ってね。

当時、連歌師は、都の文化を地方に伝播する役目をになっていたんですね。特に、地方の大名は、京の雅《みや》びな文化をこぞって手に入れようとしていた。都の文化に親しんでいることが、権威の象徴になったわけです。だから、連歌師は、彼らのために古典を講義して歩いていた。

僕の中学の同級生で、佐藤先生の弟子に当る人物が、国学院図書館で司書をやっていたんです。彼にその話をしたら、

「それは大したことじゃないよ。なにしろ謙坊——佐藤門下は佐藤さんのことをこう呼ぶんだけど——がいた頃の国学院は本がなくて、『群書類従』と『続群書類従』しかなかったんだ」

と言うの（笑）。

「謙坊は『群書類従』を大学生のとき、『続群書類従』を大学院生のとき、全部読んで、赤線を引くわけに行かないから、大事だと思うところに爪で跡をつけた。いまでもうちの『群書類従』『続群書類従』を見ると、上に跡がついているのがあるよ」

しかし、それしか本はなくても、全部読んでるのは佐藤さんしかいないわけだよね。

「なるほど、文体というものはわかるもんなんだ」と思って、それ以後いよいよ文体に気をつけて読むようにしたんです。

『忠臣蔵とは何か』を書くときに、資料として『堀口伝右衛門覚書』を読みました。細川家は大石内蔵助その他の浪士を切腹までのあいだ預かりますが、そのときの様子を、家臣の堀口伝右衛門が書き記したという本です。浪士たちに『平家物語』や『太平記』、『三国志』を貸してやり、年寄りのためには眼鏡を添えるという心配りまでしたとか、そのとき大石は、『三国志』を読んだとかいったことが書いてあります。これは芥川龍之介も使っていて、『或日の大石内蔵助』の中に出てきますね。

ところが、僕は読んでみて、これは偽書だと思いました。文章が変に滑らかで、調子がよすぎるもの。元禄時代の九州の侍が書くものとは思えない悪達者な文章なんですね。あれは江戸後期でしょうね。

　文体に気をつければ、こういうことにも気がつく。しかし、ほとんどの人は、もっぱら内容だけで本を読もうとして、文体という問題をなおざりにしている。これは日本文化にとって重大な損失だし、われわれの文明の病弊の一つだという気がするんですね。もっと読者は文体に気を配らなければならない。そして文体について、もっと口にするようになれば、文明の程度はぐっと上がるんじゃないのかなあ。

――読み方によって、本から得られるものもずいぶん違ってくるんですね。

丸谷　自分が読んだ本で、「これは大事だ」という本がありますね。あるいは、一冊の本の中で、「ここは大事だ」という章がある。そういうものは、何度も読むことが大切ですね。繰り返して読んだり、あるいは何年か間隔をおいて読む。

　折口信夫に『女房文学から隠者文学へ』という、題だけはものすごく有名な『新古今』論がありますが、僕は何度読んでもよくわからなかった。五、六回は読んだでしょうね。

　最後に読んだのは、三年前『隠岐を夢みる』を書いたときですが、そのときついに「わかった」と思った。この評論で折口は、後鳥羽院を論じて古代から中世への移り変りを眺望し、宮廷文学の本質を衝《つ》くということをしながら、しかし同時に北原白秋を論じているのである、とね。

折口信夫という人は、少年時代から、投稿雑誌で活躍している北原白秋に対する羡望、嫉妬、尊敬がものすごかったんですね。その心理がずっとつづいていて、こだわっていた。後鳥羽院について書きながら、白秋へのその気持が重なってきて、二人がダブって、そのために非常にわかりにくい、奇妙なものになった。

白秋は、たいへんな詩の才能を持っているわけです。しかも、折口信夫がまったく持っていない派手好みの、明るい、闊達な、調子のいい詩が書ける。折口さんにはそういう甘口の才能がないわけですよ。

そもそも折口さんは本来、「明星」に行くべき人で、与謝野夫妻のところに行きたかったのに、行かなかった。派手な詠み口じゃないから歓迎されないかもしれないと思ったんでしょうね。それで「アララギ」に接近した。それがあるもんだから、白秋をあらわに褒めることができない。そういう尊敬、羨ましさ、嫉妬が、ぐちゃぐちゃになっていたわけです。

白秋は、姦通事件で牢屋に入ったことがありますね。一方で、折口信夫は自分の同性愛に、後ろめたい気持がある。白秋のように、醜聞で社会的地位を奪われて、ひどい目に遭わされる危険が自分にもあるという不安がある。しかし、白秋はそれを敢然とやってのけた。監獄に入れられて、都落ちしてがんばった。とてもかなわない。そこにも白秋に対する複雑な気持があって、二人の関係はねじれにねじれてるわけです。

ここからはゴシップになります。晩年に、折口さんが白秋に「どうです、文学博士になりませんか」と言ったんだって。折口さんは、人の顔を見ると「文学博士になりませんか」と言う癖があったらしいんだよ（笑）。

ところが白秋はにべもなくことわった。しかもそのとき、「弟子のシツケもできない人が何を言うんですか」と言った。

折口さんは鼻じろんで帰って、慌てて調べてみたんですね。そうしたらM・T氏という折口さんの高弟が、この人はなかなかの酒豪なんだけれど、渋谷の某料理屋の女将《おかみ》に恋着して、夜中にどんどんと戸を叩いて訪問しようとしたけれど入れてもらえなかった、ということがわかった。これが実は、白秋のお妾さんだったんですって（笑）。これは岡野弘彦さんから聞きました。

――怖い話ですねえ（笑）。

丸谷　ええ、人間はだいたいあの方向であやまちを犯すんです（笑）。結局、折口さんは、栄華を極めた宮廷生活と、悲惨で劇的な流竄《りゅうざん》の生活との両極端を生きた、しかも華やかな詩才に恵まれた後鳥羽院という人が羨ましかったんだね。文学者として、そういう境涯に憧れたんでしょう。その条件が自分に与えられれば、どんなにいいものが書けるだろう。後鳥羽院はそれだけの境涯にありながら、この程度しかできなかったのか。白秋だって、せっかく監獄に入ったのに、都落ちまでしたのに、あの程度の作品じゃあしょうがないじゃないか。自分だったらもっといいものが書けたかもしれない。どうだろうか。そういう二人に対する気持が重なって、実に奇妙な文藝評論ができあがったんでしょうね。

――何度もお読みになったということは、やっぱりおもしろかったんですね。

丸谷　いいことがたくさん書いてある後鳥羽院論なので、謎を解きたかったんですね。本を読むときは、わかるからおもしろいという場合と、わからないからおもしろいという場合と、二つあるでしょう。この場合は、むしろ後者が強い。

人間がものを書くときも、表現したいから書く場合と、秘匿したいから書く場合とがあるわけですね。二つがまじっている。読むほうは、その両方を考えながら読まなければならない。つまり読者は、著者の深層心理まで読み解く精神分析医にならなければならないわけです。

特に文学作品には、作者が見た夢という性格があるでしょう。精神分析医が夢の解釈をするように、それを読み解いて行かなければ、表面だけ、字面だけで読んだと言ってもダメなんですね。

――折口信夫という方は、いかにも謎めいた雰囲気がありますね。

丸谷　何しろ「黒衣の旅人」ですからね。これは白秋が折口さんを形容してのセリフ。

ところが、それと反対なはずの森鷗外に、ほんとうにわかりにくい作品があるんですね。『追儺《ついな》』という小品がありますが、これがずっとわからなかった。

「小説というものは何をどんなふうに書いても好いものだ」という文句が入っているあの作品です。ストリンドベリだとかバルザック、ニーチェなどについての短い話があって、後半は新喜楽で豆まきを見たという話で終る奇妙な小説です。

わからなくて、ほんとに困っていたんですけれども、このあいだ、吉行さんの全集の解説を書くために読み返して、ついに謎が解けた。

あれは要するに大したことのない雑誌に原稿を約束したんだけど、眠くて眠くてしょうがない。しかも明日原稿を渡さなきゃならない。そういう状態で書いているときに、日頃思っている「早稲田文学」の自然主義の批評家たちに対する怨みつらみがチラチラ出てきたのじゃないかな。つまり自然主義の批評家の言うようにじゃなく小説を書いてもいいのだ、というただそれだけの話（笑）。

ところが、鷗外崇拝がすごいから、そんな身も蓋もない解釈は誰もしないわけですよ。みんなもっともらしく意味をつけて平伏する。それに、筋らしい筋のない身辺雑記を小説と称して売りつけるときに、鷗外先生のお墨つきがあれば具合がいいしね（笑）。

同じく森鷗外に『空車《むなぐるま》』という、これも不思議な小品があります。白山の通りに立っていると、向うから大きな大八車のようなものがやってくる。荷台には何も載っていないけど、車を曳いてる男は、なんだか威張ってる。一体あの車は何であるか、といった話で、むやみに立派な文章で書いてあるけれど、何を言っているのかさっぱりわからない。

これに松本清張さんが、『両像・森鷗外』という本の中で驚くべき解釈を提出した。つまり、これは武者小路実篤を皮肉った作品だ、と。当時、武者小路実篤は人気絶頂の新人です。しかも、彼は夏目漱石を褒めて、森鷗外を評価しない。そういう人間が書くものが評判がいいから、鷗外が憤慨して、武者小路の引っ張っている車はまったく内容のない空車ではないか、と書いたという説です。

僕はこの解釈はどうも信用しかねるような気がしていたけれど、『追儺』を読み返して得た結論から考えると、ひょっとすると清張さんの解釈も、いい線行ってるのかもしれない（笑）。

——まさに眼光紙背ですね（笑）。

丸谷　鷗外先生は文学者としては偉い人だけど、大人物じゃないのね。世間の評判をクヨクヨ気にする質《たち》だった。これは谷崎さんも何かに書いていたね。ずいぶんゴシップ的な読書論になっちゃったな（笑）。しかし一番大事なことがもう一つある。

それは、まとまった時間があったら本を読むなということです。本は原則として忙しいときに読むべきものです。まとまった時間があったらものを考えよう。

誰かの名文句に、「書を捨てて街へ出よう」というのがあったでしょう。これは読書論としてたいへん有益ですね。書を捨てて野に出てもいいし、街に出てもいいし、風呂に入ってもいいし、机に向ってもいいけれど、とにかく手ぶらで、ものを考えよう。

きょうは暇だから本を読もうというのは、あれは間違いです。きょう暇だったら、のんびりと考えなくちゃあ。考えれば何かの方向が出てくる。何かの方向が出てきたら、それにしたがってまた読めばいい。

そして、考えたあげく、これは読まなければならない本だとわかれば、毛嫌いしていたサドでも、徳富蘇峰でも、その必要のせいでおもしろく読めるんですよ。

ホーム・グラウンドを持とう

丸谷　国語学の大野晋さんが、こうおっしゃったことがある。「僕にはホーム・グラウンドがあるんです。困ったら、いつもそこへ戻って考えるんですよ」って。
大野さんのホーム・グラウンドは、もちろん古代日本語の音韻で、これは彼の専門中の専門ですね。日本語の音韻については、かつて国語学者の橋本進吉が、「上代には日

本語の母音は八つあった」という有名な説を立てました。その八つを大野さんはさらに、

A群　a、i、u、ö

B群　e、ë、ï、o

の二群に分類した。

そして「実は日本語の古代の母音体系は、A群の四つが根源的なもので、B群は母音の結合から生じた副次的なものである」という説を立てたんですね。

上代日本語では、このA群の四つの母音が、頻度において八五パーセントを占めている。さらに、このA群は語根の母音として使われる。ところが、B群は語根の母音としては使われない。また、A群は語頭の母音として使われ、B群はほとんど使われない。そこで大野さんは、B群の母音はA群の母音の結合の結果生じた、したがって原日本語の母音はA群の四母音であった、と推定した。

この大野さんのホーム・グラウンドでの成果が、タミル語同根説に威力を発揮するんですね。

実は、タミル語の母音はa、i、u、e、oの五つあるんです（長母音を含めると十種類）。この内、eの音は日本語にない。oも日本語のöとは違う。タミル語が日本に入ったとき、この原日本語にはないe、oはどう処理されたのか？

まずeはiとなった。

タミル語で「炒る」とか「焼く」という意味の「er-i」という言葉があります。これが日本では、eはiとなって、「いる」になる。

oはaに変化する。

「墓」という意味の“pokk-amai”は、“fak”から「はか」となった。

このように、タミル語の母音と日本語の母音は、きれいに対応することがわかる。つまり、タミル語同根説は大野さんのホーム・グラウンドである上代日本語の研究によってしっかり支えられているわけです。

ここから先は、僕が勝手に考えたことですから、話半分に聞いてください。

エがイになったり、イがエになったりするのは、東北弁にもありますね。

――イとエが反対になりますね。

丸谷　そこで僕は考えた。これは、日本語の古い形が東北に残っているために、イとエが交替するのではないだろうか……。怪しいなあ（笑）。

ところで、堀口大學という方は、イとエの発音がおかしかったんですね。

――大學は東京生れですが、新潟の長岡で育ちましたからね。

丸谷　言葉も東北弁に似ていたんでしょう。それを佐藤春夫が、「上野奥山を越えて大學は東京に来た」とからかってたんですって（笑）。上野の駅と「いろは歌」の「うゐのおくやまけふこえて」をかけてからかってるわけですね。うるわしい友情だな（笑）。

僕の中学のときの国漢の先生が新潟の人で、イとエが逆でした。教科書に『古事記』のヤマトタケルノミコトのところが載っていたんですが、「白き猪逢へり」というところを「白きエ逢へり」と読むんで、みんな「おかしいなあ」って言ってね（笑）。鶴岡ではイとエは逆にならないんです。

――山形は県内でも地域によって言葉がまったく違いますね。

丸谷　ちょっと話がそれたけれど（笑）、つまり大野さんは、何かあれば、いつも上代日本語の母音の問題に立ちかえって、そこで考える。だから自分の日本語研究にはホーム・グラウンドがあると言ったわけですね。

僕は、なるほどと思って感心したんです。ホーム・グラウンドという比喩はいいなあって。大野さんの場合は極めて専門的な話ですが、そうでなくてもこのホーム・グラウンドという考え方は役に立つんじゃないだろうか。われわれ普通の読者の場合でも、ホーム・グラウンドを持っていれば、いっそう深い読み方ができるんじゃないかなあと思ったんです。

たとえばバッハからシェーンベルクまでの西洋音楽史について書かれた本を読んで、この移り変りはおもしろいなと思う。そうしたら、自分が好きで親しんできた――つまりホーム・グラウンドと言える――歌舞伎の歴史にこれを当てはめてみる。すると、西洋音楽の展開は、元禄歌舞伎→竹田出雲→鶴屋南北→黙阿彌と続く歌舞伎の展開と一脈相通じるものがあるなあ、でも違うところもあるなあ、といろいろ考えることができて、いっそうおもしろくなるわけですね。

あるいは、岡本綺堂《きどう》の『半七捕物帳』を読んで感心する。そのついでに、ここに書いてある江戸後期の江戸の町は、自分が以前に愛読しホーム・グラウンドとする、コナン・ドイルの『シャーロック・ホームズ』の世紀末ロンドンとくらべてどう違うか、どこが同じか、などと考えてみる。江戸はロンドンと違って馬車がないから、話がのんびりしているなあとか、江戸の市民生活にはロンドンの市民生活と違って外国という要素がまるでないなあ、とか……。

――そんなふうに比較すると、より読書がおもしろくなるし、まったく新しい考えも浮んできそうですね。

丸谷　逆に、自分のホーム・グラウンドをしっかりと持っている人が書いた本、これは実におもしろい。

たとえば吉田健一さんの場合、ホーム・グラウンドはヴァレリーとシェイクスピアなんじゃないかなあ。吉田さんが、なにかにつけてヴァレリーを出す、なにかにつけてシェイクスピアを出す。出さなくても、それを念頭に置いて書いていることがよくわかる。それがおもしろいし、だからこそものを考えることができるんだなあと思うんです。

石川淳さんの場合には、江戸がホーム・グラウンドと言えるでしょうね。もちろんこれにフランス文学が加わります。つまり石川さんという人は、西洋の文学を読んだ目で江戸を見ていた。その体験がすべてにわたってものを言うんですね。

石川さんは「パリに出かける金がないから江戸へ遊学した」なんて言ってますが、あれは生半可な勉強じゃないですね。硬いものも軟らかいものも、よく読んでます。荻生徂徠、本居宣長、蜀山人《しょくさんじん》はもちろんですが、平田篤胤《あつたね》も一通り目を通してました。僕が、為永春水《ためながしゅんすい》は『梅ごよみ』だけ読みましたと言ったら、「あとを引かなかった？」とけげんそうにしてた。つまり『辰巳園《たつみのその》』も『梅見船』も『英対暖語《えいたいだんご》』もと、続けて読まないのが不思議なんでしょうね。でもね……（笑）。

以前、中村真一郎さんが、「石川淳さんは江戸の漢詩をよく読んでるし、その感想がいちいちツボを外れない」と感心してたけど、その通りなんだろうと思います。

その石川さんが最晩年、こんなことをおっしゃった。「このあいだ小説で江戸を書こうと思って、江戸について何を自分は知っているか考えてみたら、驚いたことに、何も知らないということがわかった」とね。

僕はとっても具合が悪かった（笑）。モンテーニュでしたか、「私は何を知っているのか（Que sais-je?）」という文句を掲げたのは。あれを実演されたみたいなものでね。

中村真一郎さんの場合は、プルーストと『源氏物語』でしょうね。ところが、中村さんには、ちゃんとしたプルースト論がない。どうして書かなかったのかなあ。プルースト学者の研究はずいぶんあるから、遠慮していたのかもしれないけれど、遠慮なんかしないでどんどん書けばおもしろかったのになあ。日本の『源氏』学者に対してはちっとも遠慮しなかったのにね(笑)。

山崎正和さんは、世阿彌と現象学でしょう。世阿彌のほうはわかりやすいけれど、現象学のほうはみんなあまり気がつかない。山崎さんは、ドイツの哲学書を読みこなし、それを自分の言葉にする力がありますからね。戦前の日本のドイツ哲学の翻訳のような理解の仕方じゃなくて、ごく普通の言葉にして身につけている。したがって現象学がホーム・グラウンドだというのがちょっと見えにくいんです。

大岡信さんの場合は、たぶん窪田空穂《うつぼ》とフランスのシュールレアリスムじゃないのかなあ。

——おもしろい取り合せですね。窪田空穂とシュールレアリスムが結びつくなんて。

丸谷　大岡さんのお父さんは歌人の大岡博ですが、この方は窪田空穂の弟子でした。したがって、大岡さんは、もの心ついたときから窪田空穂の本が家にたくさんあった。それをごく自然に読んで育ったわけです。きっと、お父さんが「空穂先生は、空穂先生は」というのを、小さい頃から聞いていたに違いない。つまり窪田空穂は、大岡家の家の学のようなものなんですね。

ですから大岡さんは、「アララギ」系統ではない短歌から、「アララギ」系統の日本文学史とは違う理解から、文学の世界に入ったわけです。『万葉集』よりも、むしろ『古今集』を好んだ。万葉を理解する場合にも、王朝和歌を中心にして理解して行った。そういう人でしょう。日本の国文学者とは違う流れから、国文学に親しんでいたわけね。

一方で、大岡さんはシュールレアリスム——要するにフランス現代詩を学生時代から読んでいて、その二つが組み合さってとてもおもしろいことになっているわけでしょうね。

——ホーム・グラウンドを探ることで、その人の考え方がよりいっそうわかるようになるわけですね。

丸谷　いままでの日本人のものの考え方は、個性を中心にして考えて、伝統というものを考えなかった。だから彼のホーム・グラウンドは何だろうと考えることをしなかったわけですね。

ところが、文化というものは、それぞれ別のホーム・グラウンドを持っている人々が、次々に受け渡して行くものなんですね。そこのところがおもしろい。

たとえば夏目漱石は何だろう？　なんと言ったって、大事なのはイギリス十八世紀小説に決っている。だって、あれだけがんばって勉強したんだもの。彼の小説はそこから生れてきたんです。

ところが、みんなその問題を抜きにして漱石のことを論じてきた。漱石が漢詩をつくったことが大事なのだとか、江戸っ子で落語が好きだったのがポイントだとか……、そんなことばかり言っている。

もちろん、漢詩もあるし、落語もあるし、俳句もあるでしょう。でも一番大事なのは、イギリス十八世紀小説、および十九世紀の初めのジェイン・オースティンですよ。それははっきりしている。

漱石論もそうですけれども、僕は常に、その人のホーム・グラウンドは何かを考えて、そこから分析と比較を始める。これが僕の方法なんですね。

七月六日をうたった俳句と短歌の名作は?

丸谷　ところで、ホーム・グラウンド問題に関して、僕は年来疑問に思っていることがあるんです。それは、小林秀雄という人のホーム・グラウンドは一体何なのだろうということですね。これが昔からよくわからない。

小林さんの最初の仕事はランボー論で、それを一生大事にしたと言われます。ところが、小林さんの場合、ランボーがホーム・グラウンドという感じがなんだかしない。

それは、一つには、ランボーがホーム・グラウンドになりにくい人であったのかもしれない。なにぶん詩人としての人生が短いでしょう。さらに、ランボーに対する小林さんの態度は、文学論的というよりはむしろ人生論的だった。そのためにホーム・グラウンドになりにくいのかもしれない。それが残念なんですね。

もしランボーをああいった人生論的な扱い方ではなく読んでいれば、話は違ってきたはずです。たとえば、フランスの象徴主義の詩の中に位置づけて、ランボーを読む。フランス詩の歴史全体の中に置いて読む。さらにはフランス象徴主義の詩と、それ以後の西洋の文学との関係を考えながら、ランボーの詩を読むというふうにしていれば、話は違ったんじゃないかなあ――。

『本居宣長』という本があります。あれは僕はどうもよくわからないし、僕が知っている宣長と関係がないことが書いてある、変な本なんですけれど、あの本の中の宣長も妙に人生論的な宣長で、文学論的な宣長ではない。宣長の文学観の中心にあるのは『新古今集』であり『源氏物語』でしょう。ところが、小林さんにとって、『新古今集』が好きな宣長、『源氏物語』が好きな宣長は、関心の対象になっていないんですよ。

もし小林さんが、ランボーをホーム・グラウンドになるように読んで付き合っていれば、宣長の描き方も違ってきたんじゃないのかなあ。

——ただ、学者でもないわれわれが、ホーム・グラウンドを持つというのは、なかなかむずかしそうです。

丸谷 いや、ホーム・グラウンドがあるというのは、「何々学者」である、ということとは違うんです。

たとえば、わが国には『万葉』学者というものがいますが、彼らはたいてい『万葉』のことしか知らない。そもそも自分の専門以外について知ろうともしないし、考えようともしない。それが日本のいわゆる「学者」ですね。

大野さんの言うホーム・グラウンドは、それとは違うんです。ホーム・グラウンドでの知識、経験を抱えて、専門以外の分野へもどんどん出て行くわけです。ヴィジターとして他のグラウンドへ行って、そこで十分に戦うことができる、対等に戦える。そのことが大事なんですね。

日本の専門家というと、極端に細分化されていて、しかも狭い専門のなかに閉じこもることを大事にするという風潮がありますよね。学者の世界ばかりではなく、文学者の世界でもそうです。明治時代なら、先の窪田空穂のように、短歌だけではなくて、詩も書いたし、小説も書いた。北原白秋なんて詩人なのか歌人なのか、一概に言えないくらいいろんなものをやっている。大正時代の小説家だって、ほとんどみんな芝居を書いてるでしょう。

ところが戦後、そういった風潮が失われつつある。近頃の小説家なんか、芝居どころか評論すら書かなくなっちゃった。

——ホーム・グラウンドというのは知識とか学問というより、それをいかに自分の血や肉にしているかということなんですね。

丸谷　全人間的なものでしょうね、むしろ。

だから、われわれだってホーム・グラウンドは持てる。といっても、これは、よく言われる全集を読めというのとは違います。僕は、自分が怠け者のせいか、どうも全集を全巻読むのは義務的読書になりがちで、感心しないんですよ。そういう義務的読書は読書の喜びの敵ですから、全集を第一巻から第何十何巻までがんばって、うんうんいって読むようなことはする必要ない（笑）。

そうではなくて、自分にとっての主題というか、もっと広い意味で自分のホーム・グラウンドがあるようにして読む、それはおのずからできると思うんですよ。たとえばフランス革命史がホーム・グラウンドであるような読書とか、あるいは米ないし稲作という問題が自分のホーム・グラウンドであるような読書とか、それが、本の読み方のコツではないかという気がします。

いつだったか河上徹太郎さんが、「一つの主題では評論は書けない、二つの主題をぶつけると評論が書ける」と書いてらした。僕は、これは実にいい教訓だなと思ったんです。

何かものを考える場合、常に複数の主題を衝突させて、それによって考えて行くとうまく行く、あるいは考えが深まることがよくある。その原則をいまの話に当てはめてみると、当面の対象と、自分のホーム・グラウンドとをぶつけることによって、新しいものの見方、発想が出てくるんじゃないかという気がします。

僕の体験でお話ししましょう。

以前、僕は、蜀山人の狂詩に感心したことがありましてね。しかし、狂詩というのはああいうものだから、いくら感心したって、おもしろいなあというだけで、それ以上何かを論じることがむずかしい。「どうすれば狂詩の正体を探ることができるんだろうか」「蜀山人の狂詩は何がポイントなんだろうか」と考え続けていたんです。

そのうちにふと思いついたのは、ジョイス――私のホーム・グラウンドの一つだと、ここは小さな声で言いますが（笑）――の中に出てくるキチン・ラテンのことです。キチン・ラテンというのは、「台所のラテン語」、つまりインチキ・ラテン語といった意味ですね。イギリスの学生たちが、英語にラテン語ふうの語尾をつけてふざけてしゃべる、その言い回しをスティーヴン・ディーダラスが楽しむ場面が『若い芸術家の肖像』の中にあります。

ヴィヴィアン・マーシアというアイルランドの学者がこれについて、「これはルネサンス期以来のヨーロッパの学生たちがやっていた伝統的な遊びである」と解説してました。ルネサンス期にも、大学祭のような催しがあって、学生たちが英語をラテン語みたいにしておもしろおかしく演説をやった。ですから、これは学生たちのカーニヴァル文学だったわけです。

ひるがえって蜀山人を考えると、彼は荻生徂徠の孫弟子か曾孫弟子に当る漢学者です。荻生徂徠門下には数多くの門弟がいて、その弟子たちのあいだでまず、おもしろおかしい漢詩をつくって遊ぶという遊びがはやったんじゃないか。そこから狂詩的なもののはじまりが発生した、と見立てたわけですね。たぶんそうだったんでしょう。いつの時代でも、学生というのは、バカなことばかりやってるんだから（笑）。

それが受け継がれて、孫弟子か曾孫弟子に当る蜀山人＝四方赤良《よものあから》という狂詩、カーニヴァル文学の天才が現れた。ヨーロッパの学生たちの遊びであるキチン・ラテンにちょうど対応するものが文学となって花開いた。そういうふうに見立てることができるんじゃないのかなあと、考えてみたんですよ。そう考えたら、なんだか気持が落ちついて納得が行ったんです。

もう一つ、例を出しましょうか。

俵万智さんの『サラダ記念日』が評判になったころのことです。

「この味がいいね」と君が言ったから七月六日はサラダ記念日

これを読んだときに、僕は、「何かあるな」と思ったんです。そう思いながら、僕のもう一つのホーム・グラウンドである『新古今』と比較して考えていて「アッ」と思ったんです。「これは七夕の前夜祭なんだ」と。『新古今』には、七夕の歌がたくさんあるんですね。そこからさらに、芭蕉の、

文月や六日も常の夜には似ず

も思い出して、これはクイズができると思った。

「七月六日をうたった日本で最も有名な俳句を一つ、短歌を一つあげよ」（笑）

この話を書きましたらね、俵万智さんが恐縮して、「そんなことは考えてなかったんです」って言ったんだって（笑）、これはある編集者から聞いた話。

しかし僕は、文学者の意識の表面の問題を論じてるんではないんです。文学の伝統は日本人の心の中を流れている。それが俵万智さんという一人の天才の作品に表われたと、そういう日本文学の伝統の問題を論じているんですね。万智さんは意識してないだけで、その底には日本文学の恋歌の伝統が流れているのは間違いないと思う。

そこで思い出すのが『忠臣藏』です。俵万智さんと『新古今』や芭蕉との関係と同じようなことが、『忠臣藏』の場合にもあったんじゃないだろうか。

赤穂浪士は、殿様切腹、お家断絶という一大事が出来《しゅったい》したときに、自分は一体どうすればいいのか、大いに迷ったに違いない。そこで彼らが頼ったのは「曾我兄弟伝説」だったのではないか。「曾我兄弟は、親が殺されたときに親の敵を討ったのだから、自分たちは殿様が切腹したとき、その殿様の敵を討たなければならない」、そういうふうに考えた——これが僕の説です。

「曾我兄弟伝説」は、当時、大流行していたんですね。芝居はもちろんだし、『曾我物語』もよく読まれていた。周囲にいる江戸人全員も、「曾我兄弟のように立派に仇を取ってくれ」と、みんなが心の中で激励した。それが彼らの意識を規定したわけですね。

この説をもとにして『忠臣藏とは何か』という本を書いたわけですけれども、あの仮説を私が立てることができた背景には、二つのことがあったと思います。

一つは、僕の中にある伝統主義。これは主としてT・S・エリオットに教わったものです。T・S・エリオットの伝統論というものは単なる昔の通りのことを反覆し、繰り返すのではなくて、昔の精神、古典主義的なものから何かを学び取って、それによって新しく展開するというものです。古典主義の骨格が通った、しかし極めて前衛的なものなんですね。

ところが、日本のエリオット理解はどこか変で、過去への憧れ、過去への従順さの面だけが強調されて、新しく展開していくエネルギーへの評価が足りない。たとえば福田恆存さんのエリオット論なども、前衛へと展開する馬力についての考察が欠けている。

その点、たとえば西脇順三郎さんや、平井正穂先生のエリオット理解は違います。なぜ違うかというと、この二人は、『荒地』というエリオットの前衛的な詩をよく読んでいたからです。エリオットの伝統論を理解しようとするならば、『伝統と個人的才能』だけ読んだのではダメで、『荒地』を読まなきゃダメなんですね。その点、日本文学で伝統というものをつかまえるときには、話がどうしても退嬰的、守旧的になりがちなんです。

伝統を尊重する立場と対立する考え方が、個人の体験を尊重する立場ですね。昔の小説論で、「これはへその緒がついていないからダメだ」とか、よく言われたでしょう。

——臼井吉見さんの「へその緒」論ですね。

丸谷　臼井さんだけじゃないけどね。彼らが言う「へその緒」とは、作家個人と作品が「へその緒」で結ばれていないといけないということでした。だから小説家は自分の体験談を書いて、「へその緒」を示したつもりになった。

僕はそうじゃなくて、文学作品というものは、文学の伝統とへその緒でつながっていなきゃならないと思うんですね。自己表現的な要素は、おのずから出るに決ってるんだから。それがなけりゃ単なる駄作です。そうではなくて、文学の伝統を引き継いでいながら、しかも新しいものを添えることが大切なんですね。『忠臣蔵』についての仮説を立てることができたもう一つの背景が、ホーム・グラウンドの考え方です。

つまり、何かにつけてジョイスと『新古今』で考える質《たち》が僕にあるように、江戸の人たちや赤穂浪士たちは、きっと自分のホーム・グラウンドによってものを考え、感じたに違いない。そういう確信が僕にはあった。それが人間の生き方なんだから。

赤穂浪士にしても江戸の民衆にしても、彼らが一番大事な文学的伝統は、「曾我兄弟伝説」だったはずなんですよ。それが神話みたいに刷り込みになっていて、彼らに働きかけ、あの破天荒な事件がまき起った。

そういうふうに生活と一体になっている古典、それが民衆のホーム・グラウンドであり、それが伝統というもんだと僕は思うんですね。

イギリス人が、なにかと言えばシェイクスピアでものを考えるように、古典や伝統をホーム・グラウンドにして、文明は成立していると思うんです。

——そういう意味では、いまの日本人にとってのホーム・グラウンドに当るものは、なかなか思い浮ばないですね。

丸谷　むずかしいですねえ。もちろんあるけれど、その中にいる僕たちには見えないんでしょう。渾沌としているから。百年くらい後の人たちにははっきり見えるはずです。

レッスン4

本を読むコツ

僕の読書テクニック

――今回は、本を読む上での具体的なテクニック、コツについておうかがいします。丸谷さんの読書法は尋常ならざるところがあって（笑）、いつも驚いたり感心したりですが、その一つは、丸谷さんが同じ本をいくつもの違う版で読んでいることです。以前、丸谷さんから、日本の古典を読むとき、同じ本でも版が違うとひどく読みにくいとうかがったことがありました。

丸谷　たとえば『古今』を読むなら、窪田空穂の本で読むのが僕は一番好きです。岩波の「日本古典文学大系」版の『古今』は、どうも読みにくい。活字の組み方も悪いし、注釈も何だか事務的な感じで、簡単すぎてよくわからない。それにくらべると窪田空穂の注は、心がこもっているようでいいなあと思って読んでいました。

同じ岩波でも、「新日本古典文学大系」の小島憲之・新井栄蔵両氏の注はいいですね。

組み方もいいような気がします。

──そんなに違いがあるものですか？

丸谷　編者が違うし、時代も違いますからね。「日本古典文学大系」は、初めのうち玉《ぎょく》石混淆《せきこんこう》がひどかったんですって。第一回配本の『万葉集』は素晴らしいものだった。ところがものによっては、注がずいぶんお粗末な本もあって、『広辞苑』を引けばわかるようなことばかり書いてあるのもあった（笑）。

当時はまだ、注のつけ方についての概念も、いまみたいにきちんとしてなかったんじゃないかなあ。

──たまに古典を原文で読もうとすると、一番わからないところには絶対に注が入っていないということがよくあります（笑）。

丸谷　そういうことが実に多い（笑）。もちろん中には、国文学の専門家には常識だけど、素人にはわからないということもあるでしょう。ただ、半分は専門家にもよくわかっていないんじゃないか（笑）。

ですから僕は、「ここのところは私にもわからない」と注に書く学者は、断然信用します（笑）。『源氏物語』の中に、綱に猫がからまったせいで簾《すだれ》が上がって、女三の宮の姿が見えるというところがあります。小学館の「日本古典文学全集」の注は、「ここでなぜ簾が上がるのか、猫と綱の具合が私にはよく理解できない」と書いてある。僕はそのとき、こういうことを書く学者はすごいと思って、尊敬しました。

――あの部分は、いろんな現代語訳を読んでも、ぼんやりしてますね（笑）。ところで、先ほど、活字の組み方でも理解が違うという話が出ました。これは本をつくっているわれわれにとっては、とても興味ある問題ですが――。

丸谷 不思議なもので、活字の組み方がいいと、すっとわかるときがあるんですね。もちろん、読みやすいから、理解も進むということもあるでしょう。でも、それだけじゃないのが不思議なんだなあ。たとえば、これまで本の左ページに載っていた歌を読んで、どうもよくわからなかったのが、版が変って右のページになったとたんわかるようになったりする（笑）。エディションを替えて読むと意外な発見をすることがあるんですね。単行本で頭に入らなかったら、文庫本でためしてみるとか、一回ゼロックスに取って読んでみるとか――。ことに拡大コピーは具合がとてもいい。もっともこれは、僕の老眼がひどくなってきたせいかもしれないけどね（笑）。

読書のコツは、実にくだらないところにあるんですね。たとえば英和辞典を寝室、居間、その他というふうに家の中に何冊も置く。手を伸ばせば届くところに辞書があれば、ちょっとしたことでも辞書を引くようになる。当り前だけれども、引かないでじっと考えているより、ずっとよくわかるんです（笑）。とにかくあの手この手、いろいろやってみるに限ります。

——丸谷さんは、本を読むときに辞書、事典などはよくお使いになるんですか。

丸谷　辞書、事典の類を丹念に引いて読まなきゃならない本もあるし、引かないでどんどん勢いにまかせて読んで行ったほうがいいものもある。このへんは気合ものですけれども、一般的には事典の類はわりにまめに当るほうがいいでしょう。それを怠るとやっぱりまずい。これは気にかかるなあと思ったときには、調べたほうがいい。

ただ、事典の引き方というのも、なかなか要領がありましてね。一つ当ってダメなときに、すぐに諦めないで、二つも三つも当るほうがいい。

国学院の外国語研究室は、他の大学のように語学でわかれていなくて、一部屋にみんな集まっているんです。英語、ドイツ語、フランス語、中国語といった言葉の専門家が一箇所にたむろしてわいわいおしゃべりしていた。いろんな国の辞書、事典も、その部屋に集まっていたわけです。

教師連中はだいたい翻訳の仕事を抱えていますから、訳でわからないことがあると、研究室の連中に話す。「こういう人名が出てきたんだけど、何をした人なのかわからないんだよ。誰か知ってる？」とかね。そうすると、十人くらいいる教員が立ち上がって、辞書や事典を一斉に調べ始める。それをやると、たいていの場合わかっちゃう。あれはまるでスポーツのようだったなあ。

思いがけないことが、思いがけない字引でわかるんですね。あの頃は調べ事のハカが行ったなあ（笑）。みんな字引を引くのが本職だからね、これはおもしろかったですよ。

——翻訳の話がでましたが、これこそ訳によってずいぶん差がありますね。

丸谷　ぜひお勧めしたいのは、翻訳小説は何種類かの訳を読んでみることです。

僕は、セルバンテスの『ドン・キホーテ』が、会田由先生の訳ではどうにもダメで読めなかった。ところが堀口大學訳は読めたんですね。詩がたくさん入っている小説ですが、大學訳はその翻訳が実によくて、すらすら読めた。ただし、困ったことに大學訳のセルバンテスは正篇しかないから、僕は、続篇を読んでないんです。

いつだったか、中村光夫さんにその話をしたんです。

「評論を書いていて、セルバンテスの『ドン・キホーテ』について触れたくなることがありますね。そのとき、カッコして（私は正篇だけしか読んでないが）なんて書くと文章が締らなくなるし、あまりにも良心的ぶってるようでもある。しかし書かないと、嘘をついているような感じがあって具合が悪いし、困っているんです」

そのとき、中村さんは笑いながら、こんな話をした。

「正宗白鳥が僕に、『明治の文学者のものを読んでると、よくもこんなにたくさん外国の本のことを引き合いに出すと思っておかしくなる』と言ったことがあってね」

「それはどういう意味ですか」

「つまり読まないのに読んだふりして書いてる、ということだね」

たしかに明治文学を読むと、むやみに西洋人の名前が出てきます。あの頃、まだ翻訳はないだろうし、原著だってなかなか手に入らないはずなのに、あんなに西洋をひけらかすのは、読まないで書いてるに違いない。白鳥は、同時代人だから実情をよく知ってたんでしょう（笑）。

本はバラバラに破って読め

——もう一つ丸谷さんの読書でびっくりしたのは、本が本の形をなしていない。バラバラにされて本棚に置いてあったことです。

丸谷　僕は本をフェティシズムの対象にするつもりはまったくない。大事なのはテクストそれ自体であって、本ではないと思っているんです。美本を愛蔵するといったような趣味はまったくありません。だから、平気で本に書き込みするし、破る、一冊の本を読みやすいようにバラバラにする（笑）。あれは出版社の人にはとてもいやがられるんだなあ（笑）。

——ちょっと心が痛みますね……。

丸谷　しかし、大事なのは、本という物体ではないんです。テクストを読んだとき、テクストと僕とのあいだで、ある種の幻想、観念が生じるわけでしょう。ロラン・バルトふうに言うと、テクストと読者とのあいだに電流が通じる。それがなければ単なる白い紙に黒いインキがついて汚れている物体にすぎないわけだから（笑）。

――原理原則としてはわかりますが、一冊一万円の『蕪村全集』をバラせるかというと、それはなかなか勇気の要ることですよね。

丸谷　うーん……『蕪村全集』ねえ。やっぱり一万円だったら、僕も心が怯《ひる》むかもしれないねえ（笑）。

それは極端な例として、文庫本を読むときなどは、心置きなく破って、必要なところだけ切って読む。軽くて持ち運びにも便利だし、どこでも取り出して読める。

とにかく本というものは、読まないで大事にとっておいたところでまったく意味はないんです。読むためのものなんだから、読みやすいように読めばいい。

もう一つ、本を破って便利なことがあります。評論を書くときは、引用がたくさん出てくることがありますね。こういうときに、原文を引き写すかわりに、本を破って張りつける。あ、そう言えば僕も、ゼロックスを取って貼ることもありますね。そうしょっちゅう破くわけじゃない（笑）。自分で書き写すと、どうしても間違えてしまうけれど、切り抜きを貼れば大丈夫（笑）。

このあいだも、ある文章に「荒稲《あらしね》・和稲《にぎしね》」という祝詞の文句を引用しようとして、間違って「荒塩・和塩」と書いて校正者から注意されて恥じ入ったことがありました。ちなみに「いね」と「しね」は、雨の「あめ」と春雨、氷雨などの「さめ」と同様で、一つの同じ言葉にS音がついたり取れたりする。

突然話が変りますが、政治学者の猪口邦子さんから、赤ちゃんが生れるというときに、お手紙をいただいたことがありました。「女の双子が生れることがわかった。ついては名づけ親になってほしい」という依頼でした。ちなみに猪口さんご自身は、「亜弥子、沙弥子」という名前を思いついたとあった。

光栄なことで、何とかいい名前を考えようとがんばったんだけれども、どう考えても亜弥子と沙弥子ほどいい名前はない。それで長文の手紙を書いて、この二つの名前がいかに素晴らしいかということを論じたんです。

第一に、女の名前は大和ことばの下に「子」がつくのがいい。皇室の名前はみんなこの「二音の大和ことばプラス子型」である。でも、現代では、皇室のように一字の漢字で行くと、他の人の名前とこんがらかる恐れがある。そこで、「亜弥子、沙弥子」のように二字の漢字を使い、万葉仮名ふうにうつすのが非常にいいと書いた。

しかも古代日本語では、さっきもちょっと触れたように、S音のつくつかないはペアになっていることがある。

アメ（雨）　サメ（春雨《ハルサメ》、氷雨《ヒサメ》）

イネ（稲）　　シネ（十握稲《トツカシネ》、御稲《ミシネ》）
ウツ（棄つ）　　スツ（捨つ）
ウウ（植う）　　スウ（据う）

のようにね。

こんな具合にS音の有無でペアになるのは、大野晋さんの説によるとタミル語にもあるそうで、そんなわけだから、これを使って双子の名前にするのは、日本語の悠遠な歴史によって姉妹を祝福する、とてもいい名つけです、と褒めた（笑）。

——大がかりな命名ですねえ（笑）。

愛書家の話に戻ると、中には漱石の初版本を買って、その雰囲気にひたりながら読むといった人までいます。

丸谷　そういう趣味は、僕はまずありません。漱石は、主として、子供のときに読んだ岩波の『決定版漱石全集』を家から取り寄せて読んでいます。それはさすがに破かないけれども、もうぐずぐずになってる（笑）。

——たしか紺色の布装の全集でした。

丸谷　そうそう、あれが僕は好きでね。あの全集がいいのは、索引がついていることなんです。ちょうどいい。索引の話をしなくちゃと思ってたところでした。

索引というのは、読書をする上でとても大切なものです。もし、読んでいる本に索引がないなら、ぜひ自分でつくってみることをお勧めしたい。線を引いたり書き込みをするでしょう。本を読んでて、感心したり、大事だなと思ったら、そのとき、見返しのところに、何ページにこんなことがあったというメモをしておくだけでいいんです。それが後で索引になってとても具合がいいんですね。だから、僕は装釘家にお願いしたい。本をつくるときには見返しを黒い色にするのは困る。あそこは索引のために、ぜひ薄い色にしてもらわなくちゃあ（笑）。最初から索引がついている本でも、安心しちゃいけません。索引は著者あるいは編者の関心でつくられたもので、こちらが必要なことが索引に拾ってあるとは限らないんです。これだと思ったところはまず線を引っ張っておいて、索引に載ってるかどうかを確かめる。なければ自分で書き込んで行けばいいんです。

マヨネーズと索引の関係——インデックス・リーディングということ

——そういえば、丸谷さんは、本を読むとき、索引から読みはじめるとうかがったことがありましたけれど——。

丸谷　最初にあとがきを読むという人がいるけれど、僕の場合は、まず索引を読むことが多い。索引に目を通すと、一体この人は何に関心があってこの本を書いたのかというのがわかるんですね。中には、主題との関係で、当然あるはずの項目が索引にないこともあります。つまり、この本は何が扱ってあるかと同時に、何が扱ってないかということに気をつけて索引を一瞥しておくと、本文を読むときにとてもうまく行くんです。

本というのは、全部読まなきゃならないものもあるけれども、必要なところだけを読めばいい本もある。全部読んだほうがいいに決っている本でも、いろいろ都合があってそうは行かないということもありますね。特に僕の場合、そういうことが多いんだなあ(笑)。そんなとき、索引が役に立つ。

レヴィ＝ストロースの『野生の思考』を読んだとき、まず最初に索引を見ていたら、「犬の名前」という項目があって、これは実に嬉しかったなあ(笑)。

僕は犬の名前のつけ方に昔から関心があったんです。だからとても喜んで、それを使ってエッセイを一つ書いたはずですよ(『犬の名前』、『好きな背広』に収録)。レヴィ＝ストロースによると、アメリカ・インディアンのある部族は、犬に「おじさん」とか「おばさん」とか「弟」といった名前をつける。フランス人は、芝居の登場人物の名前をつける。そんなことが書いてあったような気がします。

そのエッセイが出たら、野坂昭如さんから、私が飼っていた犬は、お蔦とお七、フランス人の流儀と同じだといったような葉書をもらった記憶がある。さすがは早稲田仏文中退（笑）。

僕の索引好きを篠田一士がおもしろがって、随筆を書いたことがありました。そのときの篠田の結論が、「丸谷の索引好きは、彼が食パンにマヨネーズを塗って食べるのが好きなことと関連している」（笑）。昔、篠田が僕の下宿に来たときに、食パンにマヨネーズつけて食べさせたことがあって、それが強烈な印象になって残ってたらしいんですね。

その随筆、見つかりました？

——ありました。

「奇抜ではあるが、かりそめの思いつきとはちがって、それなりのややこしい筋道があって、それに従って言動するのが、丸谷という男の身上である。たとえば、彼は本に索引をつける必要をやかましく謳う。これも学生の頃からだったが、彼はインデックス・リーディングと称して、研究書、あるいは、批評書はインデックスを見て、自分に必要な箇所だけを読めば、用は足りるというのである。……丸谷は暇さえあれば（索引やレキシコンの）ページを捲っているらしい。そして、その昔、マヨネーズをトーストに塗りつけた手付きさながら、めくるめくような奇想の火花を散らしているのである」（『読書論』、「海」一九七二年十月号）

とあります（笑）。ここに出てくるインデックス・リーディングとは、どういう読み方なんですか。

丸谷 僕の卒論は「ジョイス論」ですけれど、これを書くとき、僕は、当時の東大英文科にあった現代文学関係の本の索引を片っ端から引いて行ったんですね。当時は、研究室の本といっても、本棚が壁一面にあるぐらいで、大した量ではなかった。それを全部、とにかく索引に「ジョイス」の項目があれば、その部分を読んだんです。

しらみ潰しに当ってみるというのはいい手なんですよ。関連はなくても、思いがけず頭を刺激され、いろんな発想が浮んでくることがあるんですね。もちろんそこから先は自分で考えなければダメですけれど（笑）。

卒業後、シェイクスピア学者で英文の先輩である小津次郎さんに、学生に卒業論文の書き方を教えてやってくれと頼まれたことがあったんです。小津さんの家に集まった連中を前に、このインデックス・リーディングの話をしたんです。学生たちはゲラゲラ笑ってたけれども、小津さんは、「それはいい手だなあ」と言ってくれました（笑）。

――実に具体的な卒論指導ですね。

丸谷 これは言うまでもないことですが、本を読むのは、目次にある順序の通りでなくていいんですよ。書くのだって、そういう順序で書かないんだから。

ドイツ文学の原田義人さんからうかがったことですが、高橋義孝さんは翻訳するとき、その本の、ご自分が一番気に入った章から始めるんだそうです。そうすると調子が出るんだって。それと同様に、とは言えないかもしれないが、読むのだって、パラパラめくってみておもしろそうな所から入って行けばいい。

――序文は？

丸谷　序文というのはたいていもったいぶっていて、おもしろくないものですよ。読まないほうがいい（笑）。ことにつまらないのは「日本語版への序文」というやつ。ほとんど全部、空疎なことしか書いてない。あれは社交だものね。

人物表、年表を作ろう

丸谷　索引と同じように大切だと思うのは、人物表です。ほら、ハヤカワ・ミステリの初めのほうに、本に登場する人物の一覧表がある。ああいうやつですね。ところが、推理小説はいいとしても、普通の小説にはこの人物表がほとんどついていない。仕方ないから僕は、本を読みながら、カードを横に置いて、自分で書き込んで行くんです。そうすると、実に読みやすくなる。ことに英語の小説を読むときには、人物表をつくりながら読まないと、誰が誰だかわからなくなってしまうから（笑）、だいたいつくりますね。

——外国人の名前というのは、ただでさえ覚えにくい。たくさん出てくるときには、特にそうですね。

丸谷　ガルシア＝マルケスに『百年の孤独』という名作があります。この長篇小説に出てくる人名がごちゃごちゃしてわかりにくい。南米の風俗なんでしょうが、名前がみんな同じなのね。おばあさんと、母親と、娘とがみんな同じ名前だったりする。明らかにマルケスはわざとそうしているので、それが一種の永劫回帰、世界は永遠に続くという感じを出すわけですね。

ところが、英訳本には系図がついていて、実にわかりやすい。元のスペイン語版にはないんだそうです。英訳者は、これは必要だと判断してつけたわけですが、なぜ日本語訳をつくるときに思いつかなかったのかと、残念でならない。

このあいだ、ペレス・ガルドスという十九世紀のスペインの作家の『フォルトゥナータとハシンタ』という代表作の翻訳が水声社から出版されて、これがなかなかいい作品なんです。日本ではほとんど知られてませんが、ディケンズを連想させるような作家です。長いものなのでいまちょっと中休みしてますけどね。嬉しいのは、この本の巻末に、純文学にしては珍しく登場人物一覧表がついてる。これは助かりました。

もう一つ、つくって得をするのが、年表ですね。手製の年表をつくりながら読むと話がはっきりする。歴史の本なんか特にそうですね。歴史、および伝記のときには、手製

文春文庫

の年表をつくる。そうすると、いろんな新しい発見もでてくるんです。

このあいだ僕は、歌舞伎のことを書くために、出雲のお国の年表をつくってみたんですが、これが実に面白かった。まず出雲のお国と歌舞伎についての年表をつくり、その上に、キリシタンの信徒の数がこの五十年間でどう増えていったかというのをつくった。こうすると、その時代が立体的にわかってくるのね。

――丸谷さんは、歌舞伎がキリシタン劇の影響のもとに生れたのではないかという仮説を打ち出されたのですが、これにはアッと驚きました（『男もの女もの』所収の『出雲のお国』）。

丸谷　あれは、実證的に證明するのはたいへんですが、でも、大筋として、かなりいいんじゃないかと思いますよ。

――ワクワクする説ですね。

丸谷　歴史学者の五味文彦さんや樺山紘一さんに聞くと、専門家はまずその辺にある普通の年表をゼロックスでコピーするんですって。そのコピーした市販の年表に、自分のおもしろいと思った項目、発見を書き込むんだってね。なるほどなあと思いました。

さらに、小説家が文藝手帖を持っているように、歴史学者は歴史手帳というのを持っているんだそうです。手帳のおしまいにコンパクトな年表があって、電車に乗ってるときに突然「あれは何年だったかな」と気になったらそれを見る。僕は慌てて歴史手帳をのぞいてみたら、字が小さくてねえ（笑）。

年表の話で思い出す失敗談があります。樺山さん、五味さんと三人で、「東京人」で『年表は歴史好きの座右にあり』という座談会をしたことがあって、なかなかおもしろかったんですが、そのとき「そもそも年表とは何か」ということを書いてある本はないかなあと思って調べたら、見つからなかった。編集部の人に、「五味さんや樺山さんにも聞いてみてください」と頼んだんですが、「そういう本はないそうです」という返事で、諦めていたんです。

ところが一、二カ月経ってから、以前買ってあったJ・T・ミッチェル編集の『物語について』（海老根宏訳、平凡社）という本をなにげなしに手に取ったら、ヘイドン・ホワイトという人が『歴史における物語性の価値』という論文を書いていた。これは、年表と物語とはどう違うかを論じたものです。

たとえば、ヨーロッパ中世、紀元八世紀、九世紀、十世紀のゴール地方における事件の一覧を記した『サンガル年表』というテクストがある。それを見ると、

七〇九　厳しい冬。ゴットフリート公爵が死んだ。
七一〇　厳しい冬および作柄不良。
七一一　（空白）

七一二　いたるところに洪水。
七一三　（空白）
七一四　大宰相ピピンが死んだ。
七一五　（空白）
七一六　（空白）
七一七　（空白）
七一八　シャルルがサクソン人に大損害を与えた。
七一九　（空白）……

といった調子で続いている。

ホワイトはこのテクストの特色を、「指示的ではあり、時間性の表現を含んでいるが、しかしわれわれが通常話の属性であると見なすものは何も持っていない。中心になる主題もなければ、明確な初めも、半ばも終わりもなければ、急転回（ペリペテイア）も持たず、誰のものとわかる語りの声も持っていない。理論的には何よりもわれわれの興味を引きつけるテクストの断片ではあるが、ある事件と別の事件とのあいだに何らかの必然的結びつきがあろうと仄《ほの》めかすこともしていない」と書いている。

つまり、本来、年表の最も基本的なかたちは、物語と対立するものであるということですね。ホワイトは、物語とは何であるかを考えることから、年表とは何であるかを考えたわけです。

僕はこれを見て恥じ入りました。物語なら僕の専門じゃないか。あのとき「何か本はないかうかがってよ」なんて言わないで、自分自身で「年表とは何か」を、僕の縄張り、僕の流儀で考えれば、物語と年表とはどう違うかということが頭に浮んだかもしれない。たぶん浮んだろう。浮んだに決ってる。そうでもないか（笑）。

とにかく、自分で考えることもしないで、「何か本はないか」――これがよくなかった。

何かに逢着したとき、大事なのは、まず頭を動かすこと。ある程度の時間をかけて自分一人でじーっと考える。考えるに当って必要な本は、それまでにかなり読んでるはずです。頭の中にあるいままでの資産を使って考える。それを僕は怠った。これじゃあまるで東京のタクシーの運転手だなと思った。

東京のタクシーの運転手は、車に乗ると、まずメーターを倒してダーッと車を出してから「どこへ行きますか」って聞くじゃない（笑）。ロンドンのタクシーの運転手はそれをしない。シドニーの運転手もしなかった。走り出す前に行き先を聞くんですよ。それをやらないで、とにかく「本はないか」とやった。あれは東京のタクシーの運転手と同じだ。

まず、じーっと考えて、ある程度見通しをつけた上で、そこで本を読めばいい。年表と最も対立するものは何か？　歴史という物語である。そう思いついてから、その方向の本を読めばいい。

ですから、大事なのは本を読むことではなく、考えること。まず考えれば、何を読めばいいかだってわかるんです。

レッスン5

考えるコツ

「謎」を育てよう

――いよいよ実際にものを考えるに当ってどうすればいいかというお話に入ります。丸谷さんに「考え方のコツ」を伝授していただこうというわけです。

丸谷　考える上でまず大事なのは、問いかけです。つまり、いかに「良い問」を立てるか、ということ。ほら、「良い問は良い答にまさる」という言葉だってあるでしょう。もちろんずいぶん誇張した言い方だけれども、たしかに問の立て方は大事ですね。

では「良い問」はどうすれば得られるのか？　それにはかねがね持っている「不思議だなあ」という気持から出た、かねがね持っている謎が大事なのです。

「良い問」の条件の第一は、それが自分自身の発した謎だという点です。他人が発した謎、でき合いの謎では切実に迫ってこない。仮にでき合いの謎だとしても、自分が痛切に「おや、おかしいぞ。不思議だぞ」と思ったとき、それはよい問になるわけですね。

二番目に大切なのは、謎をいかにうまく育てるかということです。どんな謎でも、最初は「不思議だなあ」といった漠然としたものにすぎない。それを上手に「良い問」に孵化《ふか》してやることが大切です。ところが、これがなかなかむずかしいんですね。

よく自分の疑問を人に話す人がいますが、これはお勧めしません。というのは、そんなことを他人に話したって、だいたい相手にされない（笑）。相手にされないと、「これはあまりいい疑問じゃないのかなあ」と自信をなくして、せっかくの疑問が育たないままで終ってしまう。

一番大事なのは、謎を自分の心に銘記して、常になぜだろう、どうしてだろうと思い続ける。思い続けて謎を明確化、意識化することです。そのためには、自分のなかに他者を作って、そのもう一人の自分に謎を突きつけて行く必要があります。

普通の意味で他者と言えば、世間のことですね。ところが、世間を相手にしてはならない。なぜかと言えば、世間は謎を意識しないからです。そんなことにいちいちこだわっていると成り立って行かないから、もっぱら流行に従って暮す。それが世間というものなんですね。

しかも世間は実に臆病です。そのいい例が、戦前の天皇機関説でしょう。僕は大内兵衛さんが天皇機関説に関して書いた文章を読んで驚いたことがあります。

「美濃部博士の学説といえば、大正八年から昭和一〇年までの日本における、政府公認の学説である。という意味は、この一五年間に官吏となったほどの人物は、十中八九、あの先生の憲法の本を読み、あの解釈にしたがって官吏になったのである」(『法律学について』)

その後に大内さんがあげる例がすごい。

「上は貴族院議員、衆議院議員、検事、予審判事、検事長、検事総長等々より、下は警視総監、警視、巡査にいたるまで……」

つまり彼らはみんな、採用試験に天皇機関説に沿った答案を書いたのだ、と。

僕は、巡査までが天皇機関説を奉じていたというのに驚きました。顕教と密教という言い方があって、天皇機関説は知識人のための密教であり、天皇神権説は庶民のための顕教であった、とよく言われるじゃないですか。すると僕がこれまで巡査を庶民だと思っていたのは間違いだったんだなあ、と衝撃を受けた。

子供のころ、近所に巡査嫌いな人がいてね、「巡査なんてものは、試験に四大節とは何かという問題が出ると、『おけさ節』『串本節』『大漁節』『よさこい節』と書いて、それでも受かるような連中なんだ」とさんざん悪口を聞かされていた(笑)。だから、大内さんの本を読んで巡査の試験は高級なんだなあとびっくりしたんです(ちなみに四大節の正解は、四方拝《しほうはい》、紀元節、天長節、明治節)。

ところが、軍部によって天皇機関説が槍玉にあげられると、その「上は貴族院議員……下は巡査」にいたるまでが、たちまちにしてみんな沈黙した。なぜそうなったかと言えば、世間というものが実に臆病だからですね。

しかも、世間は非常に付和雷同型です。僕がそれを強く意識したのは、いまから三十年ぐらい前かなあ。当時、「創作劇が大事だ」という意見がにわかに高まった。それはかまわないんですが、その内に、「それにくらべて翻訳劇はくだらない、けしからん」という議論にエスカレートして行った。演劇雑誌を見ると、猫も杓子もそんなことを言ってる。ちょっと考えれば「創作劇も大事だが、翻訳劇も大事だ、両方が大事なんだ」ということがわかるはずなのに、その真っ当な説を唱える人はほとんどいなかった。ある新劇俳優のごときは、「日本人なのに髪を赤く染めて歩く。おお恥ずかしい」と書いた。僕は茫然としてね。だったら歌舞伎の女形はどうなるんだ。歌右衛門や梅幸は、恥ずかしさの塊になってしまうじゃないか、と(笑)。

これは、女になるのが恥ずかしいのではなくて、西洋人になるのが恥ずかしいという、一種ナショナリズムと癒着した羞恥心なんでしょうね。それにしても、こんな奇妙な議論にみんなが熱病にかかったみたいに熱中して、反対論がちっとも出ないのは、どう考えても付和雷同としか思えない。

この二つの例でわかるように、日本文化は臆病と付和雷同とをくっつけたようなところがあります。その中でものを考えるのは、たいへんむずかしい。

——まったくそうですね。

丸谷 次に大切なことは、「当り前なんだ」とか「昔からそうだったんだ」と納得してはいけない。昔からそうだったとしても、じゃあなぜ昔からそうだったのかと、子供のように問を発することです。

ヴァージニア・ウルフというイギリスの現代の女流作家がいますね。

——いま『ダロウェイ夫人』が映画で流行っています。

丸谷 そうですってね。僕はまだ見ていないけど。丹治愛さんの新訳、とてもよくできていました。

そのヴァージニア・ウルフに『オーランドー』という変な小説があります。エリザベス朝の美少年が女になって現代まで生き続けるという幻想的な小説です。僕の好きな作品ですが、どうしてこんな小説を書いたんだろうと前から不思議に思ってました。

通説では、ウルフはヴィタ・サックヴィル＝ウェストという女流作家と同性愛の関係で、『オーランドー』が彼女に捧げられていることから、「これはレズビアニズムによって書かれたものである」と説明されてきた。もっぱら題材のレズビアニズム、私生活への関心、伝記的方法から論じて満足し、技法的な問題については誰も論じようとしなかった。このへん、日本の文藝批評とよく似てるね（笑）。僕は「変だなあ」と思ってたんですが、あるときふと「これはひょっとするとジョイスの影響かもしれないぞ」という考えが浮んだ。

ジョイスの小説は、文学から文学をつくるという仕組でできています。ホメロスの『オデュッセイア』から『ユリシーズ』を書いたのが典型的ですが、過去の文学的伝統を縦横に使って小説をつくる。また、ご承知のようにふざけ散らした書き方で、本格的文学作品に対立する変格、つまりバフチンのいわゆるメニッペア的な作風でしゃれのめしている。

実は『オーランドー』も、小説の技法としては極めて前衛的で、メタフィクションふうに、ふざけた書き方で書かれているんですね。そこで、ウルフはジョイスの『ユリシーズ』を読んで、それに刺激を受けて書いたのではないか、と考えた。

ただしウルフは『ユリシーズ』が大嫌いで、コテンパンに批判しているんですね。いままで誰も『ユリシーズ』の影響を論じなかったのは、ウルフの『ユリシーズ』嫌いが有名だったからなんです。しかし、嫌いでも影響を受けることはあるし、嫌いだからかえって刺激されるかもしれない。そんなふうに思って、僕は謎を一つ解いた気がしたんです。

もう一つ例をあげます。忠臣蔵論。

僕は忠臣蔵が御霊信仰だということは、前々から考えていました。一九八〇年に石川淳さんと対談したときも、そのことを話したことがあります。そのときは、石川さんから「うん。あれも御霊信仰だといえば御霊信仰だな」と、名人に青二才が軽くいなされるような結果になった。ああいう返事をされると、その先は続かなくなっちゃう（笑）。

しかし僕は、その後もこの問を温め続けていたんですね。そして数年経って、やっぱり忠臣蔵について書かなきゃならないと思った。それにはきっかけが二つありました。一つは、日本文学史のなかで最も人気のある説話は何か、と考えたとき、それは「桃太郎」でも「かぐや姫伝説」でもない、なんと言っても、忠臣蔵説話なんですね。そのことに気がついた。「これだけ重大な説話について、まだ誰もきちんと論じた人がいない。これはおかしいなあ」という気がしたんです。

もう一つ、僕は「忠義」とか「武士道」とかは大嫌いなはずなのに、なぜ忠臣蔵は好きなのか？　これは我ながら不思議で、ぜひとも究明しなきゃならないと思ってたんです。そこから入っていけば、忠臣蔵論のいい入口になるんじゃないかなあ、と思っていた。

話は飛びますが、この前、田辺聖子さんが『道頓堀の雨に別れて以来なり』という本をお出しになりましたね。これは岸本水府《すいふ》という大阪の川柳作家の伝記で、とても面白く読んだんですが、中に大阪の劇評家、食満南北《けまなんぼく》という人が登場します。この人は歌舞伎の劇評家であって、劇作家なのに忠臣蔵と楠木正成が大嫌いだったんだってね。正成のほうはともかく、忠臣蔵嫌いというのは、「僕と反対だ、おもしろいなあ」と思ったんです。歌舞伎の劇評家で忠臣蔵嫌いというのは楽しいでしょう。忠義が大嫌いなんでしょうね。

ところが僕の場合は、忠義というものに対して好感を持っていないけれど、忠臣蔵は毛嫌いしない。これは何かあるぞ。それが、『忠臣蔵とは何か』を書くきっかけになったわけです。

——そこから「忠義」ではない「カーニヴァル論」としての忠臣蔵論が生れたわけですね。

丸谷 そうです。つまり、こういうふうに常に謎を意識すること。それが大事なんですね。

ところが、謎を意識化すればすぐに答が出るかというと、そううまくは行かない。でも、あせるのは禁物です。謎を解くには時間がかかるものなのです。時間をかければ、そのうちに何かが訪れる……かもしれません(笑)。

僕が中学四年生のとき、国語の先生が副読本に本居宣長の『玉勝間』を選んで一年間読んでくださったことがありました。「これが漢意《からごころ》というものである」などと訳をつける。ところが、この「漢意」というのが、僕にはサッパリわからなくてねえ。

とにかく宣長は、何かあると「漢意である」と怒るんだねえ。「蛍の光 窓の雪」なんて体裁をつけて、嘘をつくな。蛍なんかいくら集めたって明るくなるもんか。このあいだ雪明りで本を読もうとしてみたけど、ダメだった。それを「蛍の光 窓の雪」なぞと持て囃すのは漢意でけしからん。シナ人は嘘つきである……。とにかく怒ってばかりいる（笑）。なんでこんなにこの人はシナの悪口を言うのかなあと、僕は不思議で仕方がなかった。

その謎が解けたのは、五十年後に井上ひさしさんたちと一緒に中国に行ったときでした。このとき、中国人は恋愛について口に出して言うのは嫌いなんだということがわかったんですね。一方宣長は、『源氏物語』や、『古今』『新古今』の恋歌が大好きで、日本の恋愛文学が生きがいのような人でした。実生活においても恋愛を大切にしていた。その恋を否定する中国人の態度が許せなかったんだね。

だから「しきしまの大和心を人問はば朝日に匂ふ山桜花」の大和心とは、恋愛を大事にする日本文学ということなんだ。恋愛を大事にしない漢意、つまり中国文学の精神とペアになる、というのか、対立するものだったんだ、とわかったんです。

――それにしても、半世紀経って解けた謎とはすごい（笑）。

丸谷　僕はこの疑問を、先生にも訊ねなかったし、友達にも言わなかった。ただ一人で、不思議だなあと思い続けていたんです。それがよかったんですね。謎は大事にとっておくとたとえ五十年後であろうと解けることがあるわけです。

定説に遠慮するな

丸谷　学界の定説とか、通説とか言われると、なんとなく偉いような気がしますね。「私のような無学なものが」という気持になる。でも、謙虚なのは生活面では美徳だけれど、しかし傲慢とか謙虚ということは、ものを考えることとは関係がない。だから、通説に対しては、まずその説がほんとうにいいものかどうかを検討してみることが大事です。

歌舞伎の話をしましょう。

勘九郎さんは「演技で大事なのは型である」と言う。同時に、「その型をするときに、なぜこういう演技になったのかを考えることが大切だ」とも言ってるんですね。ある場面でよろよろと躓《つまず》いて、膝をぽんと打つ型があるとすれば、なぜここでそういう所作をするのかを自分で考え納得してからやらないと心がこもらない、と。僕は、これは実に素晴らしい演技論だと思います。つまり型の成立する原点まで戻って考えて、その上で学ぶわけですね。

先代仁左衛門さんの型についての説もおもしろい。仁左衛門さんは、「役者ってものはみんな身長その他違うんだから、人の型なんか取入れたってあんまり意味がない」と言うんですね。これも僕はいい意見だなあと感心した。

勘九郎さんの説と先代仁左衛門さんの説は、一見まったく違ったことを言ってるようですが、どちらも型と演技との根本的な関係を言っているわけです。一番大事なのは演技と心との関係であるということですね。

これを延長して言えば、型の生れたゆえん、自分と型との関係、そういったことを考えないで、ただ型をなぞるのでは意味がない。つまり通説、定説に無批判に盲従していても意味はないということです。それは官僚主義というものですね。ところが日本の学者には官僚が実に多い。国文学者、あるいは近代日本文学研究者が、国文学の定説、近代日本文学の定説を管理する官僚になっている。そこからは新しいものは何も生れません。

だから、ものを考えようと思ったら、専門家に笑われてもいいと度胸を決めることが必要です。第一、専門家と言ったって、なにも全員が偉いわけじゃない。かなり偉くない人もいる（笑）。また、偉い学者であっても、得手不得手がある。

しかも、定説と言われるものが、学者たちの世界の、漠然とした、かなり無責任な世論にすぎないことはよくあることです。通説だってかなりあやしいものがある。

さらに、時代時代の風潮や歴史的条件のせいで、ある視角からしか見ることができない、全体を見通せないということがある。ですから、ひょっとしたら、前の人には見えなかったことが、いま自分には見え始めたのかもしれない。

ことに文化的な大きな変動期には、いろんな条件が揺れて、新しいものが見えてくることがあります。それがパラダイムの転換ですね。ものの見方の約束ごと、考え方の約束ごとが根底から変化する。いまわれわれが生きているこの時代など、まさしくパラダイムの転換の時代ですよね。

例をあげましょう。

梅原猛さんに『隠された十字架』をはじめとする法隆寺論があります。これは、御霊信仰を入口にして、法隆寺の問題を論じ直した実にユニークなものです。

あの本を書いたとき、梅原さんは友達から、「あんたは怨みっぽい質《たち》の人だから、『怨念』なんてことにこだわったんだ」とずいぶんからかわれたんだって(笑)。でもそれは見当違いで、梅原さんが怨みっぽくない人だからこそ「怨念」というものが客観的に見えた。日本人はだいたい怨みっぽい人が多いけれど、そういう人には「怨念」というものは見えないはずなんですね。

こういう説を立てられたのは、戦争に負けて時代が大きく変ったせいで、やっと御霊信仰というものが見えるようになったということがあります。

戦前、津田左右吉、和辻哲郎という、日本文化史の第一級の学者が二人いました。しかし、彼らはどちらも御霊信仰の問題を論じてない。それは時代的制約があったからです。あの時代、和辻先生も津田先生も、日本をできるだけ美化して、西洋的なものとして見たいという気持があったに違いない。だから、西洋にはないと彼らが思っていた御霊信仰は、日本にも存在しないと思った。

でも、西洋でも、たとえばローマには御霊信仰があるんですね。カエサル殺しにかかわりがあった連中は、カエサルの霊にやられている。プルタルコスの『対比列伝』を読むと、「一生のあいだ彼（カエサル）を守った守護神はその死後には復讐神となって彼に寄りそい、彼を殺害するのに関係したあらゆる人間をくまなく探し出して罰をあたえた」と書いてあります。つまりローマには御霊信仰がはっきりあった。

フレイザーの『黄金の枝』――僕は『金枝篇』という訳語は嫌いだから『黄金の枝』なんですが――その『黄金の枝』を読んでも、御霊信仰が西洋にたくさんあったことがわかる。ただ、キリスト教がそれを隠したわけです。津田先生も、和辻先生も、そのキリスト教が御霊信仰を隠した以後の西洋に支配されて、日本にある御霊信仰が見えなくなったわけです。

ところが、戦後、時代は大きく変りました。一つには、トインビーその他の「文化圏」という考え方――西洋文化だけが文化なのではなくて国によってさまざまな文化があるのだ、という考え方が日本人にもわかってきた。これに構造主義が加わった。だから御霊信仰も、別に恥ずかしいと思わないで見ることができるようになった。

同じことですが、文化人類学的思考が行き渡りました。柳田國男、折口信夫の仕事も、戦後、全集をみんなが読めるようになって初めて広く知られるようになったんですね。それまでは柳田國男といえば随筆家、折口信夫は歌人と思われていた。それが民俗学者としての業績が知られるようになり、その学問の体系がそそり立って見えてきた。それによって逆に日本文化をわれわれがわかるようになってきたわけです。

——しかし、梅原さんの法隆寺論は、専門家からは無視されました。

丸谷　専門家から無視されることと発想の逆転とはしばしば一致するんですね。発想の逆転とは、因習に安住した官僚的なものの考え方から脱出したということなんです。

——丸谷さんの忠臣蔵論も、発想の逆転ですね。

丸谷　忠臣蔵の場合は、もっとひどかった。つまり、先ほども言いましたが、日本で最も重要な説話なのに、まともに論じた人は誰もいなかったわけです。因習としての思考どころの騒ぎじゃなくて、因習化した無思考だったわけですよ。

では彼らはなぜ考えようとしなかったのか？

まず第一に、「忠義」と言えば、戦前は絶対的なものでした。それに疑問を差し挟むようなことがあれば、どんな目に遭わされるかわからなかった。ですから、忠義について云々するのはもってのほか、子々孫々にわたって忠義の問題には触れないというくらいの空気がありました。

もう一つは、先ほど触れた御霊信仰に対する軽視、反感、毛嫌い。御霊信仰は野蛮な、恥ずべきことであって、考えるのもいやだという気持があった。

だいたい日本民俗学は、天皇とセックスを敬遠したんですね。この二つに手をつけたら、学問全体が国家から弾圧されて滅ぶと柳田國男は心配していました。それがあるから、忠義と関係のあるものには手を出したくなかった。したがって、忠臣藏と御霊信仰なんて発想があり得るはずがないんです。

第三に、『仮名手本忠臣藏』は丸本《まるほん》歌舞伎と言われるものです。丸本歌舞伎とは、もともと人形浄瑠璃としてできた台本を歌舞伎芝居に変えたもので、われわれがよく知っている歌舞伎の主要な台本は、『仮名手本忠臣藏』も、『義経千本桜』もみんな丸本歌舞伎。

にもかかわらず、その成り立ちのせいで、これを人形浄瑠璃として論じるのか、歌舞伎として論じるのか、曖昧になってしまった。『日本演劇史』なるものを見て行くと、『仮名手本忠臣藏』はまず文楽のところに出てきます。しばらく後に、「このころ歌舞伎は文楽の台本を借りきたって栄養とした」といった記述が少し出てくる。その先は、歌舞伎のために台本を書いた連中が優遇される。つまり歌舞伎としての『仮名手本忠臣藏』を論じる箇所がない。演劇史において『仮名手本忠臣藏』がどこに属するのかが、戸籍不明になっちゃったんですね。したがって日本文学史は忠臣蔵説話をあまり重視しなくなったという面がある。

――縄張りの問題のせいで忠臣蔵の重要性が見落されてたなんて、学問というのはおかしなものですね。

丸谷　学者の官僚性のあらわれね（笑）。

慌てて本を読むべからず

丸谷　さて、通説、定説と違ってもかまわないと度胸を決めて考える心構えはできた。次に大切なのは、じっと手を見るということです。つまり、自分の心のなかを眺める、見わたす、調べることがまず大切なのであって、慌てて本を読んではならない。なぜ読まないか？　もう本はいままでかなり読んでいるんです。本をある程度読んでなければ、「不思議だな」という謎は切実には迫ってこない。ちょうど中学生のときの僕が、どうして宣長という人は「漢意《からごころ》、漢意」と騒ぐのかなあと思った、その程度の漠然たるものにすぎないわけです。それがどうしても考えなきゃならない切実な謎として迫ってくるのは、人生を生きて、本もかなり読んだ、その収穫なんですね。

その謎は一般論的ではない、かなり複雑な謎であって、それを解決してくれる本なんて、簡単にあるもんじゃない。いくら図書館で慌ててカードを繰ったって、インターネットでやったって、都合よく答が出てくるはずはない。

そんなことをする暇があったら、まず自分の心のなかの謎と直面して、それを反芻《はんすう》する、ああでもない、こうでもないとひっくり返してみるほうが、実は早いんです。

もう一つ、謎を考えるためには、頭のなかにある程度の隙間をつくっておかなければいけません。ところが、慌てて本を読むと、その隙間が埋ってしまうんですね。

ほら、昔から、散歩しながら考えるといい、というでしょう。あれは散歩をしているときは、本を読むわけに行かないからいいんです。アルキメデスはお風呂に入っていてあの原理を発見した。たぶん彼は風呂のなかでは本を読んでなかったはずです（笑）。ガルシア＝マルケスは、自動車を運転している最中に『百年の孤独』のアイディアを思いついた。湯川秀樹の素粒子論のアイディアは蒲団のなかで浮んだ。芭蕉が蕉風開眼したのは、蛙がとび込む音を聞いたときであるかどうかはわからないけれども、しかし『杜甫詩集』を読んでいるときではなかったに違いない。ちょっとあやしいか（笑）。とにかく本を読んでいる最中にいいことを思いつく人はめったにいない。

もう一ぺん同じことを言いますと、いままで生きて、読んで、かつ考えてきた。そのせいで一応手持ちのカードはあるんですよ。その手持ちのカードをもう一ぺん見ましょう。

例を出しましょう。僕の『日本文学史早わかり』という本はどうしてできたのか？　前々から僕は、日本文学史の本はみんなつまらない本ばかりだなあ、と思っていたんです。その中で、風巻景次郎さんの『日本文学史の構想』と『日本文学史の周辺』というのは、面白い本でした。つまり日本文学史を書きたい、書くためにはどうすればいいか、どうもなかなかむずかしいといったことが繰り返し繰り返し書いてある（笑）。そういうものに刺激されて、日本文学史というのはおもしろいなあ、その形式を使えば明治四十年以後の日本文学の状況に対する僕の批判が出せるんじゃないか、という気持でずーっといたわけです。

でも、どう書いたらいいかわからない。

ところが、ある日ふと、イギリス人が詞華集を好きなのはどうしてなんだろうか、という疑問が湧いたんです。それにくらべると、現代の日本にはアンソロジーがほとんどない。日本の詩の歴史全体を包括した名作選は、安東次男さんたちがつくった『日本詞華集』と山本健吉さんの『日本詩歌集』ぐらいでしょう。一体この違いはどうしてできるんだろうか？

一つには、イギリス人はクロスワード・パズルが好きだからに違いない。クロスワード・パズルというのは一種の文学遊戯ですからね。

もう一つ思ったのは、イギリス人の引用好きのせいじゃないかということです。イギリスでは、総理大臣の演説はシェイクスピアとバイブルとでできていると言われます。『ハムレット』を初めて見た女の人が、「変な芝居ね。人が言った言葉ばかりで書いてある」と言ったとか（笑）。そのくらい引用が好きで、そのために詞華集が好まれるのかなあ、と考えた。

ところがそのうちに、「おや？」と思ったんです。日本文学だって明治維新以前は詞華集が大流行だったじゃないか。ことに王朝和歌のころは、天皇が勅撰集という詞華集を二十一もつくらせている。つまり昔の日本といまの日本は違うんだ。昔の日本人は詞華集が大好きだったのに、いまの日本人は大嫌いになってしまった。それは、昔の日本には共同体のための詩集としての詞華集があったのに、いまは個人の詩集しかない、つまり共同体の文学というものが失われてしまった……。

そのときに、「待てよ」と思ったんです。これを使ったら日本文学史の時代区分ができるんじゃないか、と。

というのは、僕はかねがね、日本文学史が、「上代＝大和時代」「中古＝平安時代」「中世＝鎌倉、室町時代」というように、政治史をまともに受けて首都の所在地によって時代を区分しているのはおかしいと思ってたから。もっと文学的な基準があってしかるべきではないか。詞華集の扱い方によって分ければ、文学中心の時代区分ができるのではないかなあと思ったわけです。

そこで、

第一期　八代集時代以前　？〜九世紀なかば
第二期　八代集時代　九世紀なかば〜十三世紀初め
第三期　十三代集時代　十三世紀初め〜十五世紀なかば
第四期　七部集時代　十五世紀末〜二十世紀初め
第五期　七部集時代以後　二十世紀初め〜？

という、これまでとはまったく違う時代区分を提唱したわけですね。

つまり、『日本文学史早わかり』という私の本は、日本文学史の書き方に対する私の疑念、英詩のアンソロジーに対する関心、勅撰集と七部集に対する愛着、それから明治四十年以後の日本文学に対する私の反発、そういう手持ちのカードを全部集めたらできたものなんですね。

ですから、石川啄木じゃないけれど、「じっと手を見る」、それなんですね。

比較と分析で行こう

丸谷　次にもっと具体的に、考える上のテクニック的なことについてお話ししましょう。まず、考えるに当って「比較と分析」ということが非常に有効なんですね。ある主題について考えるといっても、ただ漠然と考えていては成果はあがりません。大切なのは、その主題なり対象なりの中で、特に自分が関心を抱いている要素にこだわって分析してみる。さらにそのとき、別のものと比較しながら分析する。僕の体験では、この「比較と分析」であっちをやったりこっちをやったりしながら考えて行くとうまく行くような気がするんですね。

具体的に申し上げましょう。

夏目漱石の『坊つちやん』。僕はこの作品は、小説として構成が非常にしっかりしていて素晴らしいとかねがね思っていました。一糸乱れず、息もつがせぬ速度で突っ走って行くのが読んでいて快感なんです。

シェイクスピアの芝居のなかでも、『マクベス』は実に構成がしっかりしていて僕は好きなんだ。反対に、『リア王』は、なんだかゴチャゴチャしてどうも感心しない。僕はどうやら、構成のしっかりした作品が好きなんですね。

イギリスのコールリッジという詩人兼評論家が、世界の文学作品のなかから構成が素晴らしい名作として、三つの作品を挙げています。まず、ソポクレスの『オイディプス王』、それからベン・ジョンソンの『錬金術師』、三番目がフィールディングの『トム・ジョーンズ』。ギリシア悲劇と、エリザベス朝の喜劇、それから十八世紀イギリスの大長篇小説の三つというのはなんだか変な取り合せだけれど、おもしろいといえばおもしろい。

中でも『トム・ジョーンズ』は、僕も前々から構成に感心していました。だいたい長篇小説というのは構成がよくないものが多いんです。むしろ構成がしっかりしている長篇小説は、二流の小説が多い。たとえばアナトール・フランスの『舞姫タイース』。構成はたしかに素晴らしいけど、一流小説とは言えないなあ（笑）。

そのうちにふと思いついたんです。『オイディプス王』『錬金術師』『トム・ジョーンズ』と並べて、中篇小説の『坊っちゃん』を入れても恥ずかしくないかもしれない、とね。冗談半分ですけど（笑）。その直後に、「待てよ」と思った。ひょっとすると漱石は『トム・ジョーンズ』に刺激されて『坊っちゃん』を書いたんじゃないかしら、と。

もちろん漱石は『トム・ジョーンズ』を読んでいる。東大で『文学評論』という講義をやっていて、これはアジソン、スウィフト、ポープ、デフォーといった十八世紀のイギリス文学について論じたものです。当然、フィールディングも論じる予定だったと思いますが、朝日新聞に入社したものだから中断してしまって、そこまで行き着かなかった。

二つ目の理由として、『トム・ジョーンズ』の主人公トムの人柄と、『坊っちゃん』の主人公――彼には名前がなくて、その点は『吾輩は猫である』の猫と同じなんですね。漱石は名前がないのが好きだったのかなあ――、この二人には一脈相通じるところがある。喧嘩っぱやいとか、明るくて闊達だとか……。ちょっと違うのは、トム・ジョーンズが女に手が早いのにくらべて、坊っちゃんはむしろ女嫌いであるという点ですけど、それを抜きにすると似ている点がけっこうある。

もう一つ、『坊っちゃん』の主人公は、出生が定かでない感じがあるでしょう。父親とも兄とも仲がよくないようだし、母親はちっとも出てこない。なんだか変なんです。これは捨子トム・ジョーンズの境遇と似てるとも言える。出生の曖昧さによって聖化されている。

と、あれやこれや考えていくと、『坊っちゃん』は十八世紀イギリス小説の影響を受けて生れた小説と考えたくなる。二十世紀の小説のようなうるさい感じがないし、十九世紀の小説の面倒臭い感じもない。もっとのんびりしていて、いい意味で大味である。これはひょっとすると、漱石が熟読していたフィールディングの作品に無意識のうちに刺激されて、でき上がった作品ではないだろうか。

そう思って、こんどは『坊つちやん』と『吾輩は猫である』を比較してみたんです。そこでもう一度、「待てよ」と思った。

『吾輩は猫である』は『坊つちやん』とはまったく対照的に、構成がめちゃくちゃでしょう。よけいな話がいっぱい入る。そこでもう一つの十八世紀イギリス小説が頭に浮ぶんですね。ローレンス・スターンの『トリストラム・シャンディ』。この小説は、あっちへ行ったりこっちへ行ったり、かと思うと、変な所で前と後ろがくっついたりして、無構成もいいところです。完結もしなかった。随筆的でいいかげんである。いまの言葉を使えば「反小説」ですね。実は漱石はこの奇妙な小説も大好きだったんですね。

すると、『吾輩は猫である』は『トリストラム・シャンディ』の無意識の影響によって書かれた反小説で、その後でもう一作書こうと思ったとき、今度はまったく逆の書き方の『トム・ジョーンズ』に影響されて『坊つちやん』が生れたのではないか――。

もちろん実證的證拠はありませんよ。夏目漱石が日記のなかで、『坊つちやん』はフィールディングの影響下に書いた、なんて書くはずはないし、弟子筋の内田百閒や芥川龍之介が、「先生の『坊つちやん』は『トム・ジョーンズ』の真似である」なんて言ってるわけでもない（笑）。

ただ、イギリス十八世紀小説は、漱石の得意中の得意の領域であって、しかも『坊つちゃん』を書いてるとき漱石はイギリス十八世紀文学を大学で講義している最中だった。頭の中はイギリス十八世紀小説が溢《あふ》れ返るような状態だったに違いない。それが漱石の小説に何らかのかたちで反映することは、大いにあり得たと思うんですね。むしろそれを考えないで『坊つちゃん』、『吾輩は猫である』を論ずるほうがおかしな態度ですよね。――たしか伊藤整が『夏目漱石』のなかで、『猫』に『トリストラム・シャンディ』の影響があるのではないかということを少しだけ触れていましたね。ただ、漱石とイギリス小説との直接的な関係は、これまであまり言われていないように思います。

丸谷　僕は怠け者だから、漱石論をそれほど読んでないんですが、イギリス文学の影響について論じたものはあまりないようですね。すこしはあるけど。

ただ、困ったことに、漱石が一番好きな現代イギリス作家はメレディスだったんです。メレディスというのはむずかしいんですよ。僕はどうもダメだったなあ。何度か手にしてみたけれど、どうも調子が出なくてやめてしまった（笑）。

メレディスについては、こんな話があります。

中村真一郎さんが、戦争中のある日、本郷の仏文研究室に行ったんだって。そうしたら鈴木信太郎先生が「おいおい、中村、中野好夫のところに行ってやれ。なんか用があるらしい」と言った。「本の話らしいぞ」。そこで中村さんは「ははァ」と思った。

というのは、堀口大學さんが新潟に疎開するに当って、持っている本を古本屋に手放した。「大學過眼」という藏書印の押してある大學先生のフランス語の藏書が、古本屋にどっと出たことがあったんです。永井荷風が仏訳ドストエフスキー全集を買ったのもそのときだったそうですね。『断腸亭日乗』に書いてある。中村さんもたくさん買い込んだんだけど、その中に仏訳メレディス全集があった。「ははァ、あれだな」と思って中野さんのところへ行った。
英文の研究室へ行ったら、中野さんが、「あのメレディスを譲ってくれないか」と言ったんだって。「英語でお読みになったらいいじゃないですか」と言ったら、「あんなむずかしいものが読めるか」(笑)。

――フランス語訳のほうが簡単だったんですかね。

丸谷　中野先生の英語力はすごいんだよ。それでもメレディスには閉口したらしい。その話を聞いて、そうするとフランス語もよほど自信があるんだなあと思ってね。

――中野先生でもメレディスが苦手というのはおもしろいですね。

丸谷　もちろんかなりお読みになってますよ。先生に『漱石と英文学』という評論があって、これは非常にいいものですが、メレディスの『エゴイスト』の一節を漱石のパスティーシュで訳したところがある。あの先生にこんな藝があったのかとびっくりするくらいです。ちょっと引用しましょう。

「白楊その影を水にひたして一陣の風をまつ風情《ふぜい》こそ、心さとき恋人をして多少その面影を偲《しの》ばしめよう、汚れなき白皙《はくせき》の面はほのかに紅をさへ染めて、そのやはらかき光りは動かざるにはやかすかに溶け合ふ」

――まるで『虞美人草』！

丸谷　もともとそういう仕組なんだけどね（笑）。でも、うまいよ。

――その『漱石と英文学』、すぐに読んでみます。

丸谷　もう一つ、「比較と分析」の例を挙げましょう。僕が後鳥羽院論を書いたときのことです。

僕は、前々から後鳥羽院の和歌が好きでした。ただ、それについて本を書こうなんて思ったことはなかった。そうしたら筑摩の「日本詩人選」で、後鳥羽院論を書けという話がきましてね、「山本健吉先生のご推薦です」ということだった。

そのとき僕は、ちょうど『たった一人の反乱』という長篇小説を書きかけていたところで、「こんなことしてたら小説が遅れるなあ」と思いながら、でも書きたくて仕方がなくて、引き受けちゃった。

そこで小説を書く合間に、後鳥羽院の和歌と『新古今』を詳しく読んでみたんですね。ただ読むんじゃなくて、藤原定家の和歌と頭の中で比較しながら読んでいったんです。そうすると、二人の歌の傾向が微妙に違うことに気がついたんですね。その微妙な違いを考えているうちに、天皇の和歌と職業歌人の和歌の性格の違いということに思い当った。

つまり宮廷詩と純粋詩との違いですね。後鳥羽院の宮廷詩のもととしては、社交としての詩があり、さらにそのもとの所には呪術の詩がある。それが、歌の本来のあり方ではないか。職業歌人ではない天皇の歌のほうが、歌の本筋なんじゃないか、という考え方になって行ったんです。

それまでの後鳥羽院論の多くは、「院の和歌は旦那藝で、定家の和歌こそは藝術だ」とか、「院は定家の和歌の藝術性の高さ、定家の才能をねたんで閉門蟄居《ちっきょ》にしたのだ」とか、大正時代の藝術至上主義のような、藝術家をロマンチックにまつり上げる考え方が多くて、それと対比するために後鳥羽院の和歌をことさらに貶《おとし》めるような面があった。

僕はむしろ、和歌というものがどんどん文学作品になって行くのに対し、宮廷の詩としての和歌のあり方を大事にしたのが後鳥羽院であった、そのために後鳥羽院と藤原定家との対立が生れたんじゃないか、と考えたわけです。

そんなふうに見当をつけてから後鳥羽院の歌論『後鳥羽院御口伝』を読むと、それにぴったり合うことが書いてあるんですね。単に後鳥羽院の和歌だけを見ていたんじゃこういった考えは生れなかった。これも比較と分析のお蔭ですね。

——比較によって分析が可能になり、分析によって比較ができる。これは考え方のコツとして実に参考になります。

仮説は大胆不敵に

丸谷　次に大事なのは、「仮説」を立てるということです。どうも現代日本人は仮説を立てることが嫌いでね。仮説を立てることは邪道扱いされる。しかしどんな定説であろうが、最初は仮説です。仮説を立てて、それでダメだったら自分で捨てればいいし、自分で捨てなくても世界が捨ててくれる（笑）。とにかく最初に仮説を立てるという冒険をしなければ、事柄は進まない。直感と想像力を使って仮説を立てること、これはたいへん大事なことですね。

同時に、仮説を立てるに当っては、大胆であること。びくびく、おどおどしていてはダメです。同じ仮説なら、みんながアッと驚くようなものを立てたほうがいい。つまり仮説を立てるに当っては、学者的手堅さよりも、むしろ藝術家的奔放さのほうが大事だと思う。

自分の直感と想像力を信頼するのが大事で、実證主義に遠慮してはならない。もちろん実證も大事だけれども、それに「主義」がつくと、単なる臆病、あるいは前にお話しした学問的官僚主義に陥ってしまう。人から悪口を言われないで無事に勤め上げるという消極的な態度は、処世上の態度としてはいいかもしれないけれども、ものを考える態度としてはまずいんですね。

学者は何かあるとすぐに「学問の厳密さ」と言いますね。ちっともおもしろくないものを「手堅い」なんて褒める。ただ、この「厳密さ」というやつも、あまり当てにならないような気がするんだなあ（笑）。

日本に西洋的な学問が輸入されたのは、明治時代ですね。当時の秀才青年たちがヨーロッパに留学して、西洋の学問を日本に持ちかえった。ところが彼らが何を学んだかというと、当時の十九世紀末の学風の中ですでに定説となった、安全なところだけだったんですね。そのために日本では、実證主義的な、あるいは瑣末《さまつ》主義的とも言えるようなものが、学問的厳密さというふうに受け取られたわけです。

十九世紀末は、すでに二十世紀の学問が準備されはじめた時期です。たとえば、文化人類学の萌芽や精神分析学の試みなどが、まったく新しい学問として生れつつあった。それは露骨な物證を差し出すことのできない研究法でやる学問だった。ところが明治の秀才たちは、そういうものは学ばず、それ以前の、飽和状態になっていた実證主義を、これぞ学問と思って勉強したわけですね。

たとえばワールブルク学派の美術史なんてものは、典型的な二十世紀の学問です。あれは厳密に言えば仮説の連続なわけですよね。題材として絵があって、この絵は一体どういう神話的思考の反映としてあったのか、ここにこういうものが描いてあるのは、どういう神話的思い込みに基づいて描かれているのか、というような推定に次ぐ推定でやっている。その推定に次ぐ推定、仮説に次ぐ仮説が非常におもしろいわけです。

——しかし、自分が立てた仮説が、はたして妥当なものなのか、それとも単なる思いつきなのか、判断するのはなかなかむずかしいですよね。

丸谷　うん、それはそうだけれど、おもしろいことに、うまい仮説を立てることができれば、その傍證、補強材料は不思議なくらい次々と現れてくるんですね。

前にも申し上げた歌舞伎の成立についての僕の仮説——出雲のお国はイエズス会劇を見て、歌舞伎を始めたに違いないというやつ——、これを書いたら、山崎正和さんがすぐに、「その通りだと思う」と言ってくれたんですね。山崎さんは以前デ・サンデの『天正遣欧使節記』という本を読んだんですって。これはヨーロッパに少年たちを連れて行ったバリニャーノ神父が書かせた本ですが、この中に、日本の舞踊と演劇とを批判して、「西洋の演劇のように改良しなければならない」ということが出てくる。山崎さんは、どうしてこんなところで突如として舞踊論と演劇論が出てくるのか、不思議だなあと思ってたそうです。

しかしそこにイエズス会演劇という要素、能と狂言に対する彼らの不満という要素を入れればつじつまが合う。「あなたの説は、これとぴったり合う。ぜひお読みなさい」

と言われました。

それから、これは読者の方からお手紙をいただいて、河竹登志夫さんの本（『歌舞伎美論』、東大出版会）に、ヨーロッパの学者二人の説を紹介した箇所があると教えられました。

まずオルトラーニさんというイタリアの学者が、キリシタンの宗教劇が歌舞伎に対して影響を与えたという説を発表して、これによってトーマス・ライムスさんというドイツ人を刺激した。ライムスさんの説によると、イエズス会士たちの祝祭劇やページェントには日本人の女藝人や少年たちが参加していて踊った。そしてそれを歌舞伎へ持ち帰ったに相違ないというのですね。それから『妹背山』山の段の瀧車（波模様を染めた円筒形を回転させて、川が流れているように感じさせる）はイエズス会劇を描いた昔の絵の中にあるんですって。

——あの山の段のグルグル、あれがあるんですか。

丸谷　うん、あるんだって。

もちろんいつもうまく行くわけじゃない。ダメな仮説はやっぱりダメです。でもいいときには、どんどんそれを応援する説がでてくる。だから、仮説は立てなきゃ損なんです。

——じゃあ、どうやったら「よい仮説」を立てることができるんでしょう？

丸谷　コツはいろいろあると思いますが、ここではまず、多様なものの中に、ある共通する型を発見する能力、それが仮説を立てるコツだと言っておきたい。

　さまざまな外見をしているものの中に共通する点を見抜く、外見に惑わされずに、これは同類なんだなということを発見する、そういう力を持っているとうまく行くようですね。

　たとえば柳田國男。平将門の祟りを恐れる民衆がつくった将門塚、菅原道真を祀る天神信仰、佐倉惣五郎……。そういう祟りにまつわるさまざまな信仰を見て、彼は「これは御霊信仰である」とまとめた。

　こういうことが大事なんですね。ぼんやり見てると、平将門も菅原道真も祟る、佐倉惣五郎まで祟る、「日本には祟る人がずいぶん多いなあ」と漠然と思うだけになってしまう。それじゃあ何にもならない（笑）。それを「御霊信仰」と一括して同類項でくくった。これがすごい発見なんです。

　同様に、折口信夫は、松や杉、真木などの大木に神様が降りるという日本人の考え方から、依代《よりしろ》を発見した。神の霊は空々漠々として取りとめがないものだから、それを一箇所に集中させる仕組が必要である。それが大木であったり、あるいは髯籠《ひげこ》――お祭りの山車や檀尻の竿の先に髯のついた籠のようなものをつけますね――だったり、さらに鏡や仏壇に祀るお像、位牌、写真、お盆のときの瓜、茄子……。これらをみんな依代だと考えた。松や杉から始まって、写真や瓜や茄子まで、みんな一括して考える。これはすごい洞察力ですね。言われてしまえば何でもないことだけれども、思いつくのがすごい。

折口信夫には、「貴種流離譚《きしゆりゆうりたん》」というのもある。身分の高い人がいろんなところを流浪して苦労する話。典型的なのがヤマトタケルノミコトですが、安寿と厨子王の厨子王、スサノオノミコト、愛護の若、カルノミコ、みな「貴種流離譚」だ……、とさまざまな説話を「貴種流離譚」という一種に要約してしまう。これがすごいことなんですね。

柳田、折口は、こういうくくり方を、ケンブリッジ学派の民俗学、たとえば『黄金の枝』のフレイザーなどから学んだわけですが、何も文化人類学や民俗学に限らない、とても有効な方法ですね。

「共産党はカトリック教会を真似た組織である」という説があります。あんなすごいこと気がついたのは誰なんだろうと向井敏さんに聞いたら、ラスキ（イギリスの政治学者）と林達夫じゃないかと言うんですが、あの二人なら考えそうですね。共産党とカトリックとは外見がまったく違うもんだから、なかなか思いつかない。でも本質のところをつかまえればそうなるわけです。

高島俊男さんの本で読んだんですが、漢の高祖も、明の太祖も、みんな大盗賊上がりであって、彼らは流民をぞろぞろ引き連れて歩いたあげく天下を取った。その点では、大長征をやった毛沢東も同じで、だから彼は項羽、劉邦から朱元璋、李自成、清の太平天国までをみんな「農民起義」なんて褒めそやすのだ、という中国人の説がある。王希哲の説で、これを書いたせいで懲役十五年ですって。たいへんな国だなあ。しかし、そうなるとわかっていながら書くやつは偉いよ。

大盗賊史観というのかな、中国の王様はみんな泥棒出身であるというこの見方には、なるほどなあと感心しましたね。泥棒と言ったって、大風呂敷の包みをしょって一人で盗む日本の泥棒とは大違いだな(笑)。

さらに、このあいだ村上春樹さんが、「オウム真理教に知識人が傾倒したのは、昭和十年代の知識人が満州国にのめり込んで行ったのとよく似ている」と指摘していましたね。これも外見にとらわれないで、本質をつかまえている。

このように多様なものを要約、概括して、そこから一つの型をとりだす。それがものを考えるときに非常に大事なことだと思うんです。

その際、もう一つ大切なことがあります。型を発見したら、その型に対して名前をつける。

フロイトは、息子の母親に対する愛着を「オイディプス・コンプレックス」と名づけた。ユングは「集団的無意識」という言葉をつくった。本居宣長は日本人の恋愛好きを「もののあはれ」と要約した。さっき言った折口信夫の「貴種流離譚」、柳田國男の「御霊信仰」……。そういう名づけが大切なんですね。

偉い学者ならともかく、自分ごときが命名するのはてれ臭いと思うかもしれません。でも、これはつけたほうがいいんです。なにも世間に発表しなくてもいい。自分が考える便宜として、名前をつけたほうがずっといいんですね。しかも、できるだけ華やかな、派手な名づけをするほうがいい。

僕は、『忠臣蔵とは何か』のなかで、塩冶判官と早野勘平を一つの型にくくり、高師直と鷺坂伴内をもう一つの型として対立させ、前者を「春の王」、後者を「冬の王」だと名づけた。そして、この物語を、春の王が冬の王に追われて死に、後にそれが復活するカーニヴァル文学だと論じたわけです。

最初は、「春と夏の王」とか、「冬と秋の王」とかつけようかなと思ってたんです。そのほうがほんとうは正確なのね。でもやっぱり春の王と冬の王とやったほうが印象が鮮明だし、華やかでしょう。そう名づけたら、自分の心のなかでも考えがはっきりしてきたんですね。

――なるほど。名づけによって考えが整理されて、思考がさらに深まることがあるわけだ。

考えることには詩がある

丸谷　同種のものが別の外観で存在することを発見する、同類を見つけて同類項に入れる。これは他の言い方で言えば、「見立て」ですね。この「見立て」は、もともと日本文化にとって非常に大事なものでした。

われわれの文化は、日本のものを中国のものに見立てることによって始まっている。ほら、『平家物語』の最初のところはまず、「遠く異朝をとぶらへば、秦の趙高、漢の王莽、梁の周伊……」と、中国の逆臣ども、栄華をきわめた悪人たちをずーっと並べる。その後に平清盛を出して、つまり清盛を彼らに見立てる。その後も、ことあるごとに中国史から例を出してきて並べる。この方法は、『太平記』や『曾我物語』も同じですね。そういうふうになんでも中国見立てで行くのが、日本文化の方法なんです。

『源氏物語』だって見立てから始まっているんですね。桐壺帝が桐壺の更衣に熱中した。これはまるで唐の玄宗皇帝が楊貴妃に溺れたようなものであると、人々が眉をひそめたというところから、あの壮大な想像力が動き始めたわけです。あの見立てがなければ、当時の日本の貧弱な朝廷で、あれだけの大長篇小説は書けるはずがなかった。

そういうことがあるから、ついには、たとえば乞食が後ろ向きで富士山を見ているのを見ると、あ、まるで西行みたいだなあと思って、「富士見西行」というようなことにもなってきた（笑）。

つまり見立てることによって想像力が動いたのであって、「見立て」は日本人のものの考え方にとって非常に大きな方法だった。その方法をわれわれが学ばない手はないでしょう。

僕は『忠臣蔵とは何か』で「人類は遠い遠い昔、春の王である若者を祭り、悼み、祝ふことで豊饒を祈り、それによつて、茫漠としてとりとめのない時間にリズムを与へてゐた」と論じました。あのとき、あの本ではそこまで書きはしなかったけれど、心の中では、エジプト、ギリシア、プリュギア（フリジア）、フェニキアの各神話の若い男神であるオシリス、アドニス、アッティス、タムペに塩冶判官と勘平とをなぞらえていた。そしてそれらの神話の太母神でありしかも若い男神の妻、恋人である（場合によっては母でもある）イーシス、アフロディテ、キュベレー、イシュタルに顔世御前とお軽とをなぞらえていたんです。

遥かな昔、日本にもそういう若い男神と太母神をめぐる神話があって、それが民族の記憶において消えたり褪《あ》せたり薄れたりしながら伝わってきて、それがあるとき、急にくっきりして、塩冶判官＝勘平、顔世＝お軽という形でよみがえったと考えるのですね。

あれは、西洋の学問の類型学的方法と日本の戯作の見立ての方法との双方から学んだ結果でした。

――壮大な「見立て」ですね。

丸谷　あれがひらめいたときは興奮したなあ（笑）。

――「そこまで書きはしなかったけれど」とおっしゃいましたが、せっかく考えたのに、どうして書かなかったんですか？

丸谷　（笑）。なにしろ大がかりな話だもの。本全体が信用されなくなりそうだったから（笑）。本というのは考えたこと全部を書くものじゃないでしょう。氷山の一角だけ見せておいたんです。小説だって同じですよ。

――なるほど（笑）。小説と同じというのは、わかりやすいですね。

丸谷　「見立て」は一種のアナロジーです。ところがアナロジーというものは、うんと距離のある二つのものに共通性を発見するから、さっきの「富士見西行」の例なんか典型的ですけど、なんとなくおかしいところがあるんですね。たかが乞食坊主にすぎないものを、ひょっとすると西行さまかもしれないぞと見立てる。風流でもあるが、滑稽でもある。パロディだったり批評だったりする。

その風流でもあるが滑稽でもある感じをオクタビオ・パスというシュールレアリスムの詩人は、アイロニーだと言うんです。彼は「アイロニーはアナロジーの傷口からしたたる血潮である」と言う。カッコいいねえ（笑）。ただ、われわれ日本人にとっては、この比喩は少し凄みすぎてる。われわれにとっては、アイロニーは血潮というよりはもっとしゃれっ気のあるものであって、ニヤリと笑う微笑くらいのものである。

このように、アイロニーの受け取り方は、西洋と日本ではちょっと違うけれども、大事なのは、そこにはあるポエトリー——詩とユーモアがごちゃごちゃになったようなある感覚、おもしろさ、それがアナロジーには必ず付きまとうということなんですね。

この詩情、詩的感覚が、ものを考えるときに大切だと僕は思う。えてして人は、「思考」というと、なんだかぎくしゃくして、堅苦しくて、大真面目で、窮屈なものだと思いがちです。論理学の教科書なんかを連想したりしてね（笑）。しかし、詩と論理とは不思議な形で一致する。というよりも、詩と論理が互いに排斥しあうものだというのは昔気質《かたぎ》な思い込みで、新しい詩学では論理を尊ぶ。

人間がものを考えるときには、詩が付きまとう。ユーモア、アイロニー、軽み、あるいはさらに極端に言えば、滑稽感さえ付きまとう。そういう風情を見落してしまったとき、人間の考え方は堅苦しく重苦しくなって、運動神経の楽しさを失い、ぎごちなくなるんですね。

つまり遊び心がなくちゃいけない。でも、これは当り前ですよね、人間にとっての最高の遊びは、ものを考えることなんですから。

大局観が大事

丸谷　さっき、自分の立てた仮説のよしあしを検討する話がでたけれど、あのとき言い落したことが一つあります。それは、立てた仮説がもっと大きい枠組の中で大丈夫かどうかを確かめる、ということ。細部も大事だけれど、大局観も大事なのね。

――これは具体的に説明していただくのがいいですね。

丸谷　うん、たとえば、さっきの歌舞伎の件で行くと、まず、日本文化全体の性格から言ってどうだろうか、と考えてました。その線で行くと、イエズス会演劇の刺激による歌舞伎の発生というのは、よく言われる日本文化の雑種的性格、いろんな国から到来したいろんな要素のゴチャマゼで日本文化ができあがったという性格にピッタリ合いますね。大丈夫だと思った。

それからまた、イエズス会演劇はバロック演劇の一分派だということに注目して、そのバロック演劇と歌舞伎との共通点はあるかどうか、考えてみた。そうすると、あるんですね、これが。一体にバロック演劇では、名誉とか、復讐とか、陰謀とか、裏切りとかが重要なモチーフになる。歌舞伎でも同じ。ことに丸本歌舞伎がそうでしょう。

「悲劇はただ、王の意志、殺害、絶望、子殺しや親殺し、炎上、近親相姦、戦争や反乱、嘆き、泣き叫び、呻き、およびこれに類するものを扱う」とドイツ十七世紀、つまりバロック時代の批評書にあるそうですが、これは丸本歌舞伎にもピッタリでしょう。

——イエズス会演劇のせいで丸本歌舞伎、つまり『国性爺《こくせんや》合戦《かっせん》』や『仮名手本忠臣蔵』ができた、それは一種のバロック演劇であった、というわけですね。

丸谷　ええ。でも、ここが微妙なんですね。さっきの瀧車みたいに、向うから直接はいって来たものもあるでしょうが、そうでない場合もあると思う。大事なのはイエズス会演劇の中に含まれているDNAみたいなものなので、そのDNAのせいで、ヨーロッパではカルデロンやシェイクスピアの芝居が生れ、日本では丸本歌舞伎が生れた、と考えれば筋が通る。

——なるほど、枝分れしたと見るんですね。

丸谷　そうです。枝分れね。

丸本歌舞伎は人形浄瑠璃を歌舞伎に移したものですが、これも関係がある。

ベンヤミンのドイツ・バロック悲劇論（『ドイツ悲劇の根源』浅井健二郎訳、ちくま学芸文庫）の中に、バロック悲劇の遊戯的な奇矯さ（屍体を引きずるとか、絞首台での死刑とか）を最も得意とするのは人形劇だったとあるけれど、そう言えば、歌舞伎によくある生首との対面その他の残虐趣味は、もとが人形芝居だからやりやすかったわけね。

事情がおんなしだ。こういう具合に、東西の趣味が不思議なくらい一致する。これは、あいだにイエズス会演劇という媒介を立てれば、すっと納得が行きます。

――バロック演劇も人形芝居と関係あったんですか。

丸谷　ええ、そうなんだって。

それでね、そもそも「バロック」という言葉と「歌舞伎」という言葉は近いんです。「バロック」はスペイン語の「バロッコ」からきた。これは歪んだ真珠のことですね。あまりに生命力がありすぎて、球形になれずに歪んだという意味。

「かぶき」は動詞「かぶく」の連用形による名詞形。この「かぶく」は傾く、常軌を逸する、人目に立つ異様ななりをする。

どちらも生命力の過剰ですね。

――なるほど、そうだ。

丸谷　どちらも死に憑かれた戦乱の時代で、中世的な静寂や憂鬱からの脱出の時代で、その性格というか、時代精神が共通していた。そういう基盤がもともとある安土桃山時代に、イエズス会演劇が訪れて、それでバロック的気分が大いに発揚されたんでしょう。

――その「バロック」と「かぶき」の話、いいですね。お書きになりました？

丸谷　講演でしゃべっただけじゃないかなあ。

――どうも読んだことがないと思った。しかし、いつものことながら気宇壮大な仮説ですね。

丸谷　僕の考え方がこういうふうに進むのは、もとになっている疑問が大きいからですよ。歌舞伎をわりによく見るようになったころから、この演劇形式はどこからきたのか、不思議だなあと気にしていたもの。

——それはいつごろからですか？

丸谷　国立劇場ができたころからね。丸本物の通し狂言がおもしろかった。

——というと昭和四十一年ですね。三十何年前。

丸谷　もうそんなになるか。歳月、矢のごとし（笑）。

いまにして思うと、あれはつまり、日本とは何かという謎の一つのあらわれでしたね。そして、日本とは何かという謎は、結局のところ、自分とは何かという謎につながるんですよ。

レッスン6

書き方のコツ

文章は頭の中で完成させよう

――今回は「書き方のコツ」です。文章をどう書くかというお話ですね？

丸谷　そうです。「思考のレッスン」なのに、なんで文章の書き方についてしゃべるのかと思われるかもしれませんね。でも、人はものを考えるとき、意識的にせよ無意識的にせよ、必ず文章の形で考えます。つまり、思考というものは、かなりの程度、文章の形で規定される。だからこそ、ものを考えるときに、文章が非常に重要な問題になってくるんですね。

ことに現代日本人にとって、この問題はとてもやっかいです。というのは、現代日本語の文体は、現代日本人が思考するのにふさわしいだけの成熟にまだ達していない。なにしろ口語文が始まってから、ようやく百年経ったかどうかでしょう。私たちは、まだ文章として十分な能力をつけてない文体で、ものを考えることを強制されていると言ってもいい。ですから、なおさら書き方の問題にふれないと、考え方の問題を論じることができないわけです。

文章力がないと、考え方も精密さを欠くようになります。大ざっぱになったり、センチメンタルになったり、論理が乱暴になったり。文章力と思考力とはペアになるわけですね。

――丸谷さんには、『文章読本』という名著がありますが……。

丸谷　あの本を出した数年後、浜松で講演をしたことがありましてね、終った後で、講演の要旨を新聞に載せるために、若い女の記者からインタビューを受けたんです。僕の言ったことについて質問をしてから、「当面の仕事とは関係のない質問でも、いいでしょうか」と聞かれて、「どうぞ」と言ったら、「実は私は『文章読本』の愛読者ですが、あの本にお書きになってない文章心得はありますか、あったら教えてください」（笑）。

実は書かなかったことは、いっぱいあるんです。

なぜ書かなかったかというと、第一にあまり本が長くなっちゃあ困るということがあった。第二に、「これは実際的な心得すぎて、読者が面倒臭がったり、瑣末な話だといやがるかもしれないな」というようなことは書かなかった。第三に、いくらいい心得でも、僕自身が必ずしも守っていないことまで書くわけにはいかないでしょう（笑）。

実は、文章の書き方は、人それぞれでずいぶん違うんですね。ある程度の筆者なら、そんな心得を守らなくたってどんどん書ける。

たとえば石川淳さんは、推敲《すいこう》ということを絶対しないらしいね。石川さんが安部公房さんと一緒にロシアを旅行したとき、向うの作家と三人で話をしたんだそうです。ロシアの作家が、自分はいかに念入りに文章を推敲するかということを長々としゃべったら、淳さんが「それはいけない。私は推敲なんかしない。書き終ったら書きっぱなしである」と言ったんだって（笑）。

安部さんからその話を聞いてびっくりしてね、僕は石川さんに聞いてみたんです。

「どうすればそういうことができるんですか」

そうしたら石川さんは、

「それはゆっくりゆっくり書くんだよ」

とおっしゃった。

――石川さんの文章は、ものすごいスピードで書いてるような印象がありましたけど、意外ですね。

丸谷　石川さんについては、いつだったか奥様からこんな話をうかがったことがあります。

「石川も最近は年をとってくたびれてきて、一回書斎にこもると二時間ぐらいしか持ちません」

二時間持つなんてすごい、とびっくりしてね（笑）。晩年で二時間だから、以前はもっと長かったに違いない。すごい集中力だなあ（笑）。

――丸谷さんはどのぐらい入っていらっしゃるんですか。

丸谷　僕はせいぜい一時間ですね。一時間ぐらい書くと、もういやになって、居間にお茶を飲みに行ったり、新聞をのぞいたり、三十分ぐらい遊んで、また書斎に戻る、そんなもんですよ。だから、ほんとうに感心してね。

話を元にもどすと、さっき浜松で記者に教えたのは、こういうことなんです。

「ものを書くときには、頭の中でセンテンスの最初から最後のマルのところまでつくれ。つくり終ってから、それを一気に書け。それから次のセンテンスにかかれ。それを続けて行け。そうすれば早いし、いい文章ができる」

センテンス途中で休んで「えーと……」なんて考えて、また書きだす人がいるでしょう。あれはダメ。とにかく、頭の中でワン・センテンスを完成させた上で、文字にせよ、ということなんです。

具体的に言うと、

「親譲りの無鉄砲で子供のときから損ばかりしているマル」

という文章を頭の中でつくる。頭の中ででき上がったところで、初めてそれを文字にする。

「親譲りの無鉄砲で」というところまで書いて、そこで休んで、「うーん、さて、どうしようかなあ……、『子供のときから』にしようか、『小さいときから』にしようか、『五つ、六つのときから』にしようか……」などと考えてはならない。「『損ばかりして』か『損をしてばかり』か……」と迷ってはいけない。

そういったことを考えるのが文章の工夫だと思っている人がいるけれども、あれは間違いです。単なる時間の浪費にすぎない（笑）。推敲したければ、書いてしまった上で推敲すればいいんですね。とにかくワン・センテンスを頭の中で全部つくってしまってから、それを文字にせよ。

――ただ、文章を頭の中で完成させるというのは、実はすごくむずかしいことでしょうね。

丸谷　僕だって、ときどき守ってないときがありますよ、特にうんと長いセンテンスの場合はね。ワン・センテンスまとまったと思って書いて行くと、そうでもなかったりする。だから『文章読本』に入れなかった（笑）。

でも、原則としてはこの方針で書く。これは文章心得の一番基本的な点なんですね。もう一つ、極めて具体的なコツを挙げます。

頭の中で考えても、どうしたって行き詰まることはある。そのときはどうするか？　いろんな手がありますね。鉛筆を削るとか、週刊誌を読むとか、画集を見るとか、お茶を飲むとか。うんと詰まったときには散歩に出るのもいいかもしれない。いろんな手があるけれど、一番手っ取り早くて、役に立つのは、いままで書いた部分を初めから読み返すことなんですね。急がば回れで、いままで書いたところを読み返す。僕の体験では、これが一番早い。

ところが、どうしてなのか、みんなあまりしたがらないんですね。

——前を読んで絶望するのが恐いんです（笑）。

丸谷　そういう気持もあるのかもしれないね（笑）。

でも、一概にダメなことばかりじゃない。おや、けっこういいことを書いてるじゃないかと思って、それでエネルギーを得ることだってあるんだから。

ここまで書いてきたエネルギーをもう一ぺん吸収し、それを受け継ぐようにして先へ進む。あるいはいままでのところでよくないところを反省して、そこを書き直したり、先で補ったりする。つまり自分の書いた文章を読み直すことは、一種の批評であって、その自己批評によってもう一人の自分との対話をする。そうやって書き続けて行くことが大切なんですね。

もう一つ付け加えましょう。その際、前後の論理的なつながり、論理的必然性に注意することはもちろん大事です。論理的に矛盾しては意味がない。

ただここで大事なのは、論理といっても、バカ正直、几帳面、しかつめらしい、堅苦しい、くそ真面目なものでは、困るんです。書くものの種類にもよりますが、論理的必然性といっても、遊び心を忘れてはならない。そういう意味で、歌仙というのがとてもよいお手本でしょう。

ご存じのように、歌仙は、何人かの連衆——三人が一番具合がいいけれど——が、五七五の句と七七の句を合計三十六句つないで行くゲームです。

文章を書くときも、二人、三人が句をつないで行く態度を想定して、自分自身の内部でそれをやって行く。そんな調子で歌仙的な論理のつなぎ方を参考にして書いて行くと具合がいいんです。

たとえば『猿蓑《さるみの》』はつしぐれの巻。

発句から四句目まで、

鳶の羽も刷《カイツクロヒ》ぬはつしぐれ　去来
一ふき風の木《こ》の葉しづまる　芭蕉
股引の朝からぬるゝ川こえて　凡兆
たぬきをおどす篠《しの》張《はり》の弓　史邦

と進んで来て、初表の五句目。ここは月の定座。ここから秋の句が三句続く。春と秋は三句か四句、続けるのがルール。

まいら戸に蔦這かゝる宵の月　芭蕉

「まいら戸」は表面に細い桟を取り付けた板戸。寺や屋敷の玄関に使う。前句の篠張の弓（獣をつかまえるための罠）が仕掛けてある近くにこういう荒れた屋敷があると見たわけですね。「月」で秋。この叙景句を受けて、次はそういう凝った玄関がついてる家に暮しているのは普通のやつじゃない、かなりの変り者だなと見定めて、その変り者を描く。「梨」で秋。

人にもくれず名物の梨　去来

次は初裏の一句目。そういう男の趣味は？

かきなぐる墨絵おかしく秋暮て　史邦

文人趣味の隠者なんですね。

もちろん「秋の暮」で秋。そういう男の服装は？　これも普通のなりはしていない。急所のところで最新の流行を取入れている。ここからしばらく雑《ぞう》（無季）。

はきごゝろよきめりやすの足袋　凡兆

こんな調子で行きますから自分が巻いた歌仙は、かなり時間が経ってからでも思い出すことができます。なぜかというと、句と句の必然的なつながりがあるから、流れがたどれる。

その意味では、将棋の棋譜と似てますね。棋士は対局が終った後で、棋譜をすらすら思い出すことができる。あれは一つ一つ必然的な手で指しているからですね。歌仙だって同じでしてね、必然的にできているから思い出せる。

文章もそういう気持で書いて行けば、原稿用紙五枚ぐらいのものなら、一週間ぐらいは思い出せるんじゃないかなあ。

——それはすごい。

丸谷　一週間は無理かなあ（笑）。いずれにしても、できが良かったときの話ですよ。できの悪い文章は思い出せない（笑）。

「暮しの手帖」の花森安治《はなもりやすじ》さんは、随筆頼まれると、電車に乗っているときに頭の中で書くんだってね。それを家へ帰って原稿用紙に写す。「五、六枚の随筆ならそうやって書ける」とどこかに書いていたような気がする。それと逆のことです。できますよ。

日本語の特性とは

丸谷　当り前ですが、われわれは日本語で書く。ということは、日本語という言語の特性をよく考えた上で、文章を書くべきなんですね。このことは『文章読本』でも論じましたが、その後も僕はいろいろ考え続けてきました。

一つは、なぜ日本語では長い文章が書けないかという問題がある。むやみに長いセンテンスで書きたがる人がよくいるでしょう。あれは読者に迷惑でね、たいてい読むのをやめてしまう。西洋の文章では長いセンテンスがらくに書けるのに、日本語ではなぜダメなのか？　これは重大な問題なんですね。

西洋の言葉では否定詞が文章の前のほうに置かれるのにくらべて、日本語は否定詞が最後にくるというのが、理由の一つでしょう。

「私は昨日、いろいろさまざまな事情があって……鎌倉へ」と言って、その次が「行きました」なのか、「行きませんでした」なのか、最後までわからない。英語だと、否定の場合は主語の近くに否定詞が置かれますから、行ったのか行かなかったのかはすぐにわかる。最も大事なことが最初にわかっているわけですから、読者は方向をあらかじめ頭に入れながら読むことができるわけです。

ところが日本語では、結論がなかなかわからないから、読んでいて非常に不安になる。「一体どうなのかなあ、鎌倉へ行ったのかなあ、行ったようでもあるし、行かないようでもあるし、どうなんだろう」と、心配で心配でたまらない。いても立ってもいられない。というのは大げさな言い方だけれども、心の底ではそうなんですね。

そういう状態だと、文章の途中にお天気のことやお土産のことが書いてあっても、気もそぞろで集中できない。

これは日本語の弱点の一つですね。

ほら、自動車で、右折するとか左折するとか、ピカピカ電気をつけて教えるじゃないですか。

――方向指示器。

丸谷 そうそう。われわれも、長いセンテンスを書くときは、ああいうサインを出しながら書けばいいわけですね。

実は日本人は、これを無意識的にやっているんです。「そして」とか「しかし」といった接続詞ですね。

英語とくらべると、このことははっきりわかります。英語ではセンテンスの出だしに接続詞を使うことがずっと少ない。“and”とか“but”が文章の初めにくることは少なくて、すぐに主語があって、動詞がある。これをそのまま日本語に翻訳すると、とても読みにくくなるんです。特に評論の場合にそうですが、訳すときに「ところが」とか、「それ故」といった接続詞を足してやると、わかりやすくなる。

一体に日本人の文章は、「そして」とか、「それなのに」とか、「運悪く」とか、そういうのを文章の初めにみんなつけるでしょう。

――多いですね。

丸谷　なぜかというと、最後まで結論がわからないという日本語の弱点を補うためで、それがわれわれの文化の伝統になっているんですね。その書き方、ものの言い方をみんな無意識のうちに学んでいる。

「せっかくのお招きではございますが、当日は折悪しく……」。最後が否定だということを、まず前で説明しているわけですよ。これが日本語の書き方の重大なコツなんです。

ただ、この方向指示の接続詞を何でもべたべたくっつけると、くだくだしいいやな文章になってしまう。文章の名手になると、そこのところを実にさりげなく出して、しかし的確に方向を指示する文章を書くんですね。

例文を挙げます。

幸子《さちこ》は昔、貞之助と新婚旅行に行つた時に、箱根の旅館で食ひ物の好き嫌ひの話が出、君は魚では何が一番好きかと聞かれたので、「鯛やわ」と答へて貞之助に可笑しがられたことがあつた。貞之助が笑つたのは、鯛とはあまり月並過ぎるからであつたが、しかし彼女の説に依ると、形から云つても、味から云つても、鯛こそは最も日本的なる魚であり、鯛を好かない日本人は日本人らしくないのであつた。彼女のさう云ふ心の中には、自分の生れた上方こそは、日本で鯛の最も美味な地方、――従つて、日本の中でも最も日本的な地方であると云ふ誇りが潜んでゐるのであつたが、同様に彼女は、花では何が一番好きかと問はれゝば、躊躇《ちうちよ》なく桜と答へるのであつた。

この出典はわかりますよね（笑）。谷崎潤一郎の『細雪』。

この文章には、方向指示器がじつに巧みに埋め込まれています。

「貞之助が笑つたのは、鯛とはあまり月並過ぎるからであつたが、しかし……」。この「が、しかし」で、「月並」という悪口がひっくり返るんだな、ということがわかる。単なる「が」ではなくて、「が、しかし」と念を入れて書くのが谷崎流なんです。

「形から云つても……」。「も」とあるんで、もう一つ理由があるんだな、ということがわかる。で、「鯛こそは」というので、これで鯛についての価値評価の肯定の面がぐんと強くなるということがわかる。「自分の生れた上方こそは……」。「こそ」で上方に対する肯定、ならびに賛美であるということがわかる。「従って」でそれをさらに足していくんだということがわかる。「……潜んでゐるのであつたが、同様に」。鯛について言ったことと同種、同方向のことを、こんどは別のことで言うんだなとわかる……。といったように、文章の流れがどの方向へ向うのかを、さりげなく、穏やかに、しかし明確に暗示している。

これこそ日本語の特性というものをよく知った人が、英語の文章の書き方と日本語の文章の書き方を丁寧に対応させた上で得たコツをうまく生かして書いている例ですね。こういうところが谷崎の文章の一番すごいところなんですよ。

——谷崎が、英文法を研究しつくしたということは、丸谷さんの『文章読本』に出てきますね。

丸谷　ええ、たしか書いたような気がする。

もう一つ谷崎の文章です。

私は建築のことについては全く門外漢であるが、西洋の寺院のゴシック建築と云ふものは屋根が高く〳〵尖《とが》つて、その先が天に冲《ちゆう》せんとしてゐるところに美観が存するのだと云ふ。これに反して、われ〳〵の国の伽藍《がらん》では建物の上に先づ大きな甍《いらか》を伏せて、その庇《ひさし》が作り出す深い廣い蔭の中へ全体の構造を取り込んでしまふ。寺院のみならず、宮殿でも、庶民の住宅でも、外から見て最も眼立つものは、或る場合には瓦葺《かはらぶ》き、或る場合には茅葺きの大きな屋根と、その庇の下にたゞよふ濃い闇である。時とすると、白昼と雖《いへど》も軒から下には洞穴のやうな闇が繞《めぐ》つて……

『陰翳礼讃』です。

三行目の「これに反して」でひっくり返るわけですね。「寺院のみならず」で、また同一方向へ行くというのがわかる。

「時とすると、白昼と雖も」というので、こんどは同じ方向のことをもっと極端な場合で言うんだということがわかる。

こう書かれれば、かなり込み入った理屈でもすらすらと頭に入ってくる。すっきり入りすぎて、われわれは谷崎の『陰翳礼讃』があんまり大した理屈でないように思ってしまうくらいです。

――谷崎の文章が、こんなに論理的に組み立てられていたというのは驚きです。

丸谷　そうなんです。素晴らしい文章能力ですね。

もう一つ、日本語に長いセンテンスが向かないのは、英語の関係代名詞、関係副詞といった関係詞を持たない点ですね。

そんなことはよく知っているはずなんだけれど、つい関係詞節入りの文章を書いてしまう。それは西洋的なものの見方で現実を見ていることの反映であって、仕方がない面もあります。しかし、できるだけそういう書き方は避けるべきでしょう。

例文を二つあげます。

1容貌の点からいって、王者のような前額だけが唯一の資産で、決して美男ではなく、又挙止や言葉使いが粗野で貴婦人達が敬遠した彼れが、藝術的偉大さと名声とにかかわらず、彼れの幾度かの求婚が報いられず、人生における伴侶《はんりょ》を得るに成功しなかったことは、容易に想像し得られることである。

2混濁した重油の流れに首だけ出して辛うじて空気を吸いながら流されている戦後の吾々から眼を転じて、過去の日本が示した積極的な文化的業績を眺《なが》めてみると遙《はる》かに人間らしい人間像が浮んでくることは事実であります。

二つとも、故人ですが、有名な人の文章です。お二人とも学者。

例文1は、最初の「彼れが」に三つの関係代名詞節がかかっている。英文法的に言えば、「容貌の点からいって……」は所有格（whose)、「決して美男ではなく」は主格（who)、「貴婦人達が敬遠した」は目的格（whom）です。

――しかも、それが「成功しなかったことは」と受けられて、ここまでが主語で、「容易に想像し得られる」が述語ですよね。

丸谷　とにかくこれはたいへんな代物です（笑)。読んでて頭がゴチャゴチャする。

たとえば、「彼は容貌の点からいって、王者のような前額だけが唯一の資産で、決して美男ではなかった。又挙止や言葉使いが粗野で、貴婦人達は彼を敬遠した。だから……」とやればずっとわかりやすくなるのにね。

――これはベートーベンですか？

丸谷　そうです。かわいそうだね。こういうことを書かれるにしても、もっといい文章で書かれたい（笑)。

例文2も、主語である「吾々」に、「混濁した重油の流れに首だけ出して辛うじて空気を吸いながら流されている」という長い長い関係詞節がついていて、初めの内、何を書いてるのかさっぱりわからない。

こういうゴタゴタした文章、わかりにくい文章にすると、何となく高尚なことを言ってるような、ありがたみがあるような感じがする。別に大したことを言ってるわけじゃないんだけどね（笑)。順序よく分けて書くとか、カッコを使うとか、いろんな手があるのになあ。例文1にしたって、「容貌の点からいって（王者のような前額はともかく）」とでもすれば少しはよくなる。ほんのちょっとの工夫で、読むほうにはずっとわかりやすくなる。

一体に、関係詞の多いゴタゴタした文章は、変にがんばって、不必要に力が入ってるときに書かれるようですね。自分が言いたいことは何なのか、よく考えてから書けば、こういう調子じゃなくなる。

もちろん場合によっては、長いセンテンスを書くのもいい。短いセンテンスの連続で行くと、調子が変に単調になるから、ときどき長いのをまぜなくちゃならないってこともある。けれども、自分の都合だけで長くしてはいけない。読者のことを十分に考慮しながら書くべきです。なぜなら、文章とは筆者と読者との関係において成立するものであって、その関係が成り立たなければ文章は実は存在しないのと同じなんですから。

敬語が伝達の邪魔になるとき

丸谷　次は文末の問題です。

日本語はセンテンスの最後に述語がきます。そのため、センテンスのおしまいの音が単調になりがちです。

「だった」「だった」「だった」

「である」「である」「である」

「です」「です」「ます」「ます」

これは具合が悪い。

まるで韻を踏んでるようで、「だった」「だった」だけが頭の中で響く。そこが気になり始めると、肝心の文章の中身がさっぱり頭に入ってこない。

それを避けるためには、「だ」と「である」をまぜるとか、「です」の次には「でしょう」を入れるとか、工夫をしたほうがいいですね。

——そういえば、中村光夫さんは、一貫して「です・ます」でしたね。

丸谷　あれは要するに、小林秀雄的な啖呵の切り方、気合術から脱却しようとして、わざと普通の話言葉を使ったんでしょうね。動機はわかるけれども、なんだか「です」だけが頭に引っかかって、中身が飛んでしまう。もう少し工夫をしていただきたかったなあ。

——その点は丸谷さんの独壇場ですね。「だ・である」と「です・ます」を自在に混在させ、さらに「だよね」「だもの」「だなあ」まで使って、実に多彩な文体をつくってらっしゃる。

丸谷　このことは気をつけて書く人が多くなりましたね。このあいだ、和田誠さんの『似顔絵物語』を読んでいたら、文末の処理の仕方が上手でね。感心しました。

それから、敬語というのも、やっかいな問題ですね。

もちろん西洋の言葉だって敬語はあるんです。あるけれども、日本の文章は敬語的表現がむやみに多い。

敬語というのは、ある人が自分とどういう関係にあるか、その人をどう遇しているかを表わす待遇の表現です。これを多用すると、読者は書いてある中身、伝達内容よりも、人間関係とか人の処遇ばかりが気になってしまう。「誰それはこの人によってこういう待遇をされているんだな」と、それがまるで内容のようになってしまいがちで、肝心の中身が薄れがちになるんです。このことはいつだったか、大野晋さんから教わりました。

謙遜表現の場合も同じで、なぜこの人は謙遜するのか、誰に対して謙遜してるんだろうということが気になって、まるでそれが重点みたいになってしまう。

つまり敬語をたくさん使ったり、謙遜表現をたくさん入れたりすると、その分だけ散文としての機能が落ちる。

これは西洋の散文ではあまりないことでしょうね。もちろん、手紙やなんかの場合は少しはあるかもしれない。ただ、日本ほど普通の文章の中でぞろぞろ出てくることはないような気がする。

というのは、敬語表現というのは口語文の中で最も洗練されてない部分なんです。そもそも、近代日本の口語文というものは、小説家が小説を書くためにつくった文体です。そのせいで、敬語というものを捨ててしまった。これは西洋の十九世紀小説の影響なんですね。

十八世紀の西洋の小説は、書簡体の小説が主たるものでした。たとえばリチャードソンの『パメラ』とか、クレランドの『ファニー・ヒル』もそうですね。ラクロの『危険な関係』も書簡体でしょう。

ところが十九世紀になると、小説の主流は客観的三人称の小説になります。客観的三人称の小説は、神の如き語り手が語るわけだから、敬語は必要でなくなる。日本の小説家は、その西洋十九世紀、つまり敬語体抜きの小説を学び、口語文の文体をつくって行った。

もし日本文学がもっと早くヨーロッパと出会って十八世紀の西洋文学を学んでいれば、日本の文体は敬語の問題で、もう少しなんとかなってたかもしれないなあ。滝沢馬琴とか為永春水とか、ああいう連中が苦労して敬語入りの口語体をつくっていたら、いまの日本語はどうなっていたでしょうね。

——しかし、世の中にはやたら敬語をたくさん使って文章を書く人がいますよね。

丸谷　代表的なのは戦前の新聞の皇室関係の記事ね。あんまり敬語が多すぎて、何がなんだか意味不明になるくらいだった。まあもともと内容が貧弱なんだから、あれでよかったんだけどね（笑）。

もう一つの代表は、いろんな分野の学者が先生や先輩、同僚の論文について書く場合。「……と論じておられる」、「何々氏の御説では」、「お二方のうちお一方のご論文を先日私は勉強させていただいたのであるが……」（笑）なんて調子で、これもむやみに敬語が多い。待遇のほうばかり頭が行っちゃうせいで、読んでいて論旨そのものがちっとも入ってこないんですね。

僕は別に敬語を否定するわけじゃない。でも、敬意の表明は、あんなに敬語を使わなくたってできるはずなんです。いかに敬語を少なくして礼を失しないような文章を書くか。この問題は、日本語の重要な宿題だと思います。

――最近でも、鳩山由紀夫さんの「……させていただきます」、一種の謙譲語だろうけど、顰蹙《ひんしゅく》を買いましたね。

丸谷　そうそう。あんな話し方、ほんとに困るねえ。政治家の言語的責任というのは大きいよ。

その一方で、官僚の文章は、漢語がやたらに多い。これも問題なんですね。

日本語は、純粋な一系統の言葉ではないんですね。これも特質の一つです。つまり大和ことばと漢語と混ぜこぜで使うことによって成立している言葉です。

どこの国でも——たとえば英語にフランス語からの語彙が非常に多いように——多かれ少なかれいろんな元の言葉がダブってできているわけですが、日本語の場合はその程度がけた違いでしょう。

われわれの現実は、大和ことば的現実でもなければ、漢語的現実でもなくて、和漢混《こん》淆《こう》文《ぶん》的な現実のなかで生きていて、それを和漢混淆文的に書いて行くしかないんだということを、もっと意識したほうがいいんですね。

それを意識しないから、たとえば哲学者の文章とか官僚の文章は、漢語だらけになってしまう。

逆に大和ことばだけで文章を書くと、間延びして、本居宣長が書いた擬古文のようにしどけなくなる。きゅっと締らない。

片仮名ことばという問題もあります。最近、官僚は漢語だけでなく、片仮名ことばをやたらに使いたがるのね。「デメリット」とか「コンセンサス」とか「アセスメント」とか。最近の官僚の言葉遣いは、その意味では、ファッション関係者に近くなっているんです(笑)。

じゃあなぜ片仮名ことばをたくさん入れるのはよくないかという問題。漢語だって外来語だし、片仮名ことばだって外来語だ、それなのに片仮名のほうだけ排斥するのはおかしいじゃないかと言う人、よくいるでしょう。でも、漢語には漢字がくっついていて、漢字は日本文化の重要な部分になっているから、これがかなり意味を保証してくれてます。ところが片仮名ことばには、当り前の話ですがローマ字がくっついていない。たとえば「デメリット」の「デ」なんか、国民文化全体としては否定の意味あいにならないでしょう。

外来語はどうしても音節が長くなる。長くなりすぎるんで、縮めなきゃならない。すると同音の言葉がどんどん増えてくる。「コンピュータ」も「コンディショニング」も「コントロール」も「コンテスト」も「コンプレックス」も「コンクリート」も、みんな「コン」と略す。こういう「コン」じゃあ、漢字の「混」や「婚」と違って、意味を指示する力はないよ。

そんなわけもあって、漢語と大和ことばとを上手に混ぜて文章をつくる。片仮名ことばはできるだけ控える。そうすると文章が落ちつくんですね。

文章というのは、われわれの文化の表現でもあるんですね。文章は文化の表現であり、文化は文章によって育てられる。そういう可逆的な関係を、もっと意識する必要があります。

レトリックの大切さ

丸谷　前回は文章のさまざまなテクニックについてお話ししました。今回は、ものを書く上での心構えから始めましょう。

当り前ですが、ものを書くというのは、何か言いたいことがあるから書くわけですね。そのせいで、つい自分の思いのたけをひたむきに述べる、訴えるという書き方になりがちです。でも、どうもこういう書き方はあまりうまく行かない。

趣味の問題かもしれないけれど、僕はむしろ「対話的な気持で書く」というのが書き方のコツだと思う。自分の内部に甲乙二人がいて、その両者がいろんなことを語り合う。ああでもない、こうでもないと議論をして、考えを深めたり新しい発見をしたりする。そういう気持で考えた上で、文章にまとめるとうまく行くような気がします。

以前、この『思考のレッスン』でバフチンのポリフォニック理論について話しました。二人の人間の対話に似た発想によって、世界が立体的になって、話が前へ進んで行く。これは文章を書く上でも同じで、対話的な書き方によってポリフォニックな効果が生れるんですね。

テニスのラリーにたとえるとわかりやすいかもしれません。テニスの試合で甲と乙が戦う。もちろん二人は勝敗を争うわけだけれど、ゲームを成立させ、続行させるという点では協力しあっているわけですね。好ラリーの応酬があれば、試合はますます盛り上がる。その呼吸で文章も書いて行くとうまく行くような気がするんです。

たとえば景色を描写するときも、対話的に書くことで平板な描写を避けることができます。

甲「おや、あそこに高い山がある」
乙「右の山のほうがもっと高いね」
甲「こんなきれいな景色を見るのは初めてだ」
乙「どこそこの景色にちょっと似てるね」

そんなやりとりを頭の中でおこなった上で、それを文章にまとめる。もちろん論文的な文章の場合はもっと具合がいい。

甲「PはQではない」
乙「Q′である場合もあるけれど」

甲「それはこれこれの理由で無視してかまわないでしょう。ところがPはRである」

乙「まあ、そう言ってもいいだろうな。でも、PがRである理由は？」

甲「SおよびT」

乙「Uもあるんじゃないか」

こういった調子で論理を展開しながら書いて行く。

ここで注意。僕は対話体で書けといっているんじゃないんですよ。話は自分の頭の中でやるのであって、文章はあくまで普通に書く。

よく二人の人物の議論を対話体で書く人がいますね。

「やあ、いらっしゃい」

「久しぶりに君と議論をしようと思ってきたんだ」

「そういえば、いい酒がある」……

なんて（笑）。

あれはうまく行くとおもしろいんだが、むずかしいんだなあ。なぜむずかしいかというと、冗長になりがちだからです。それに頻繁に改行しなくちゃならないから、スペースがなくなる。考えるときには対話的に考える、しかしそれを書くときには、普通の文章の書き方で書く。それがいいと思う。
例文をあげます。

モーツァルトのピアノ・コンチェルトでは、ピアノは名人芸の発揮のためにあるのではなくて、管弦楽と相対し、一つに組みあって、それまでの音楽の歴史にかつてなかった一つの新しい音響の殿堂をつくりあげたのである。ピアノは全体の中の一員なのだ。ただし、この楽器は、ほかの楽器とちがい、それだけでオーケストラの全体と張りあってみることもできるし、そういう量的な次元だけでなくて、何個もの音からなる和音を出すことができるとか、それだけで旋律と同時に伴奏もやれるとか、音質上の特性をもっているとか、そういったいろいろな点から、ちょうど歌い手の中でのプリマ・ドンナのような役割を消化することも可能だったわけである。こういうことは、誰も知っている。
しかし、その逆の面、つまり、一方で独奏のピアノが鳴らされているときに、オーケストラの中でどんなことが行なわれているかについても、これまで、人びとはとかくそれが値するだけの注意を払わずにすごしてきた恐れがあるのである。というのは……

吉田秀和さんの『モーツァルト』のなかの文章です。うまく書けてますね。ごく自然に読めて、しかも論理のはこびがわかりやすい。その理由は、この文章が、対話的な構成でつくられているからですね。

まず「ピアノは名人藝を発揮する楽器だ」というよくある見方に対して、「そうではなくて」と反論し、「全体の中の一員なのだ」と言う。

次に「ただし」で、また別の対話がはじまります。ピアノはどういう楽器なのか。

「ピアノはオーケストラ全体と張り合うこともできる」

「いや、そういう量的な問題ではなくて、和音を出すことができるのが特色なのだ」

「旋律と同時に伴奏もやれるしね」

「まるでプリマ・ドンナのような役割だね」

みんなでピアノについて討論でもしているように、さまざまな意見が出される。反論があり、同意があり、その中から新しい見方が導かれる。つまりこの文章は、極めて劇的な構造を持っているんですね。だからこそ、論理の展開を追うのが楽しいし、わかりやすい。

僕が文章を書くとき対話的に考えると具合がいいと思うようになったのは、山崎正和さんと対談をやったお蔭です。なにしろたくさんやったからね（笑）。

――なんと通算百十回の大記録です（笑）。

丸谷　それだけやれば気がつくのは当り前かもしれない（笑）。山崎さんと対談をやりながら、「ああこういうふうに二人が互いに批判したり同感したりして論じて行くのと同じことを、実は自分は普段から頭のなかでやってるんだなあ」と意識したわけです。そういう自分の心のなかの対話を、登場人物を二人出すのではなくて、一人称の文章のなかでやればいい。そう思って僕は書いてきました。

――対話的な気持で書くという心得は、歌仙の方法で書くというのと似てますね。

丸谷　なるほど。どちらも他者がいるわけだ。

吉田さんの文章で、もう一つ言わなければならないことがあります。それは、この文章が、論理＝ロジックの展開が対話的であるだけでなく、そこにレトリックが巧みに組み合されているということです。

吉田さんのいまの文章で、ピアノとほかの楽器との違いを述べるところ。

「何個もの音からなる和音を出すことができるとか……」

「旋律と同時に伴奏もやれるとか……」

「音質上の特性をもっているとか……」

いくつも並べてある。これは修辞学で言う「列挙」ですね。ピアノの特徴が一箇所で列挙されるために、話が非常に手っ取り早くわかる。

比喩の使い方もよく考えられている。「新しい音響の殿堂」、「全体の中の一員」という二つのたとえを使い、その先に「ちょうど歌い手の中でのプリマ・ドンナのような役割」という比喩の大物を花やかに出す。この比喩の使い方でピアノという楽器の性格がとらえやすくなる。

もう一つ、これはレトリカル・コンセッションというのでしょう、つまり譲歩ですね。「こういうことは、誰も知っている」と、いったん引いて、「しかし、その逆の面」と、もう一度前に出て新しい展開をする。このことで論述にめりはりがつく。僅かこれだけの文章のなかに、レトリックのあの手この手がちりばめられ、それによって論旨がくっきりと鮮明になって頭に入りやすくなる。

ここで大事なのは、ロジックがしっかり通っているからこそ、レトリックが冴えるということなんです。つまり、ロジックとレトリックを組み合せて話を運ぶ――これが肝心なんですね。単なるロジックでは頭がこわばってしまって、中身が頭に入りにくい。そこにレトリックがあるお蔭で、ロジックが鮮明な形で入ってくる。

僕が三島由紀夫の文章が気に入らないのは、レトリックはたいへん派手だけれども、ロジックが通ってないことが多いからなんです。だからある程度以上の読者の心には訴えない。ところが吉田さんの文章は、ロジックとレトリックとがぴったりと息の合った形で協力し合って進んでいる。

レトリックというと、日本ではなんだかうさん臭いものと考えられているでしょう。

西洋でもそういうところはあって、「レトリックにすぎない」とか、「レトリックの細工師」とか、軽蔑的に使われることが多いようですね。東洋でも、「文章は小技なり」といった言い方がある。

それはレトリックをロジック抜きで考えるからなんですね。くだらないことをにぎやかに言うのがレトリックだと思われがちだけれど、本来のレトリックとは、ロジックと手を携えて、論旨を上手に伝えていくための技術なんです。その相関的な関係が大事なんです。

ピアノ・コンチェルトというのは、変てこりんな音楽形式です。本来なら伴奏楽器であるピアノがオーケストラをひきつれるわけですからね。それをモーツァルトが、洗練された音楽にした。吉田さんはそのモーツァルトの音楽の構造を、さまざまなレトリックを使いながら解きあかしてくれた。もしダラダラした文章だったら、この内容は頭に入りませんよ。それが綺麗に入ってくる。それはスポーツのファイン・プレーのようなものであって、それがあるから中身がすっきり理解できる、そして非常に魅力のある、しゃれた感じになるわけです。

――「誰も知っている。しかし……」という言い方は、吉田さんはよくお使いになるレトリックですね。

丸谷　押したり引いたりするわけね。

吉田さんの文章って、なんでもなくすらすらと書いたような流露感があるでしょう。淀みなく流れる自然な感じ。吉田さんのことを、文章がうまいとよく言いますよね。でも言われてないのは、そのロジックとレトリックが絡み合った結果、一種色っぽい感じが文章にあるということなんだと思う。それでみんなうっとりして読むんでしょうね。

書き出しから結びまで

丸谷　文章で一番大事なことは何か？　それは最後まで読ませるということです。当り前のようだけど、これがむずかしい。たとえば新聞に載る随筆、最後まで読みますか？　みんなたいてい途中でやめるんじゃないかなあ。

――えー、筆者にもよりますが（笑）。

丸谷　僕なんか、たまに最後まで読むと、すごくもうかったような気がする（笑）。手紙だってそうでしょう。個人的な用件なら、最後まで読み通すけれど、刷り物になっている手紙なんかまず途中でやめる。だから、文章で一番大事なことは、とにかく最後まで読ませることなんです。憤慨しながらだって、最後まで読むことになれば、ある意味で及第点なんです。

――それが至難の技なんですね。

丸谷　そう。これがあまり言われていない。

「文章の最低の資格は、最後まで読ませることである」

これを強調しておきたい。

さあ、ではそのためには、どうすればいいか？

アリストテレスの『詩学』にならって、書き出し、半ば、結びのそれぞれについて考えて行きましょう。

まず出だしの所。

「挨拶は不要である。いきなり用件に入れ」

個人的な手紙の場合は別ですよ。「拝啓陳者《のぶれば》……」はやりすぎだけど、「このところお天気の具合が……」という挨拶はあっていい。それだって、あんまり空疎で長々しい挨拶はやめたほうがいいでしょう。

ましてそうでない普通の文章の場合には、とにかく早く内容に入ることが大事なんですね。

このあいだ朝日新聞に「中国の朱鎔基首相が、日本からの客には会いたくないと言っている」という記事が載っていました。なぜ会いたくないかというと、日本人は挨拶が長くて、しかも中身は無内容だから。その点、アメリカ人は挨拶なしですぐ用件に入るから、アメリカ人とは会う。

これは最近の朝日新聞のなかで最も重要な記事の一つじゃないかなあ（笑）。つまり一国民の文明に対して、強烈な反省を強いている。われわれの文明の性格を、具体的に、特異な角度から切って示すということは、ジャーナリズムとしてとっても大事なことですね。素晴らしい記事でした。

われわれは、村落共同体のなかに何千年も生きてきて、言葉を使うことはお辞儀をしたりお茶を勧めたりすることによく似ている、と思ってしまった。中身のない挨拶をすることが言葉を使うことだと思い込んでしまった。この思い込みが日本語の文章の敵なんです。お愛想ではなく、中身を語ること、中身を相手に伝えることが文章の目的なんです。

ところが文章を挨拶から書き始める人が多い。ほら、中学の作文で「秋」という題が出ると、「秋という題で作文を書かなければならなくなって、さっきから困っている」なんて書く子がいるでしょう。プロの文筆業者が書いている随筆でも、「のっけから私事で恐縮だが……」といった挨拶で始まるものがけっこうある。恐縮なんかする必要はない。私事であっても、必要だと思ったら書けばいい。こういう前置きがあると、もう読むのがいやになってしまうんですね。

書くべき内容がないから挨拶を書く。挨拶はダメだという基本の文章心得を知らないから書く。「挨拶は書かない」、これを現代日本人の文章心得にすべきなんです。

私の友人に百目鬼《どうめき》恭三郎という朝日新聞の記者がいて、彼が入社試験の作文の採点をやったんだって。

――厳しかっただろうなぁ（笑）。

丸谷　聞いただけでわかるでしょう（笑）。朝日の他の人が、僕にこぼすんだよ。「ドメさんはひどいよ」って。作文の採点は、朝からみんなが分担してやるんだけど、他の人は夕食のときまでかかる。ところが彼はお昼《ひる》の十二時になる前に、「終った」と言って弁当食べてるんですって。つまり半分以下の時間で済んでしまう。なぜかというと、最初の数行を読んで、ダメだったら零点にする（笑）。「あんな点のつけ方はひどい」と言うから、僕は、「友達だから擁護するわけじゃないけれども、文章の上手下手は最初の数行でわかります。最初の数行で、くだらないもたもたした書き方をするような人の文章は、最後まで読んだって絶対ダメなんですよ」と言った。そうしたら、その人が、「ええ。記者の試験ならそれでもわかるんです。ところが彼は営業の試験でもそれをやるんだから」（笑）

まあ、それくらい、書き出しは大事なんです。だから、書き出しをよく考える。次は、少し高等技術です。書き出しを考えるときに、他の人ならどう書くかなあ、何の話から始めるかなあと考える。その上で、他の人がやりそうなものは全部捨てるんです。

石坂洋次郎さんの『若い人』のなかに、間崎先生が作文の点つけをやる場面がありますね。題は「雨が降る日の文章」。そうしたら全員が北原白秋の「雨がふります。雨がふる」で始めてるんで、いやになる。

「雨が降る日の文章」と言われたら、誰だって「雨がふります。雨がふる」を思い出す。そう思ったら、それはやめる。

ことに入学試験の作文、入社試験の作文では、必ず守らなきゃならない手です。あれは競争なんだから。百目鬼さんじゃなくたって、同じような書き出しばかり読まされたら、嫌気がさすに決っている。

じゃあ、嫌気をささせないためにはどうすればいいか。それは紋切り型をよすことです。で、その紋切り型の書き出しの最たるものが、さっきの挨拶なんですね。

「我が不景気対策」という題が出たら、「こういう題は出すほうもつらかろうが、書くほうはもっとつらい」なんてね(笑)。こういうのはよくない。

——入試必勝法ですね、これは。

丸谷　次は、文章の半ばのコツ――。

「とにかく前へ前へ向って着実に進むこと。逆戻りしないこと。休まないこと」

話があっちこっちへ飛ぶ書き方というのもあるけれども、これは玄人の藝であって、また別。とにかく休まないで、逆戻りしないで、前へ前へと進む。前に申し上げた歌仙の流れと同じです。歌仙も元へ戻ると絶対ダメなんです。とにかく前へ前へと進む。それを念頭に置いて書く。

もう一つ、書いてる途中で、「ちょっと中身が足りないなあ」ということがある。そのときに、どうすればいいか？

僕なんかそれで暮しを立てている身だから当り前だけれど、人の文章を読んでいて、「あ、ここからここまでが水増しだ」とわかる。ことに随筆なんか、如実にわかっちゃう（笑）。随筆って、具合の悪いことに枚数が指定されているでしょう、十枚書いてくれとか、六枚書いてくれとか。あんまり書くことがなくても、決った枚数は埋めなきゃならないからたいへんなんですね。

でも水増しというのはなにか興ざめするものでね。読んでて急に味気ない気持になる。では、水増しとわからないようにするための書き方は何であるか？　実に簡単です。水増しをしないこと（笑）。

まず自分の書く中身を全部考えて、どうもこの枚数には、これじゃ足りないぞと思ったら、もう一度、考え直す。この内容で何枚書けるかということは、たくさん書くとわかってくるんです。ところが、この考え直すことをみんなしたがらないのね。

——せっかく考えたんだから、なんとかそれで間に合せたいんです(笑)。

丸谷 よく、「原稿用紙が埋らない」とウンウン言いながら書いている人がいるじゃない。一体に、考える時間が短いから、書く時間が長くなるんです。たくさん考えれば、書く時間は短くてすむ。花森安治さんが、エッセイの原稿を電車の中で全部考えてから書くという話をしましたが、あれみたいなものでね。

　次に終り方。これは書き出しと同じです。

「終りの挨拶は書くな」

「はなはだ簡単ではあるが……」とか、「長々と書いてきたが……」とか、これはやめる。パッと終ればいい。誰もそんな結びの挨拶なんか読みたくないんです。結びの挨拶がないと恰好つかないという感覚を、えてして人は持ちがちだけれども、そんなことはない。すっきりと終ればいいんです。

　繰り返しますよ。書き出しに挨拶を書くな。書き始めたら、前へむかって着実に進め。中身が足りなかったら、考え直せ。そして、パッと終れ。

　そこにもう一つ、全体にかかわる心得を付け加えます。それは、「書くに値する内容を持って書く」ということ。

書くに値する内容といっても、別に深刻、荘重、悲壮、天下国家を論じたり人生の哲理を論じたり、重大な事柄である必要はない。ごく軽い笑い話、愉快な話、冗談でもいい。重い軽いは別として、とにかく書くに値すること、人に語るに値すること、それをしっかりと持って書くことが大事なんですね。

言うべきことを持って書こう

丸谷　ここに野球の豊田泰光さんが毎日新聞の書評欄に書いた『この人・この三冊』という文章があります。三原さんについての本を三冊あげてほしいという注文で、豊田さんは三原脩著『風雲の軌跡――わが野球人生の実記』、村松友視著『御先祖サマは偉かった』、富永俊治著『三原脩の昭和三十五年』をあげて、それを紹介する文章を書いている。

これは、明らかに自分で書いたものですね。豊田さんが話をしてそれを新聞記者がまとめたんじゃ、もっと万遍ない書き方になる。これは一試合のワン・シーンに話が集中しているんです。

昭和三十三年巨人対西鉄の日本シリーズ第五戦、3対2とリードされた九回裏の攻撃。

ノーアウト二塁で豊田さんに打順が回ってくる。

「ベンチは〝打て！打て！〟の大合唱。打ちたい気はあったが、自分の意志など関係ない場面だから監督の指示を待つ。本塁と一塁の中間までやってきた三原さん。『トヨ打てよ』と大声でどなる。……攪乱《かくらん》戦法に違いないと思った瞬間から『打てよ』は脳裏から消えている。サインをひたすら待った。やっとでた。監督と私の間にだけある〝好きにしてよい〟のサインが。……」

豊田さんは勝つ確率の高いほうを選んで、バントで走者を三塁に進めます。その「トヨ打てよ」からバントするまで、一分か二分の自分の心の動きを実に克明に書いていますね。試合はその後同点打が出て延長、稲尾のサヨナラホームランで二勝目をあげ、あともう二つ勝って西鉄奇跡の四連勝になる。

このときのことを、三原さんは『風雲の軌跡』でどう書いているか？　豊田さんが引用しています。

「『どうだ、打ってるか』といった。すると豊田は即座に『ここはバントでしょう……』と答えた。気の強い男には逆をいうに限るのである……」

「だがあの時の私は反逆の心など微塵《みじん》もなかったのに」と豊田さんは言い添える。

これは、三原という人の人物スケッチをやりながら批判している、そういう文章なわけでしょう。三原さんに対するアンビバレンツな感情が非常によくわかる。何十年間の思いがこもった人物評ですね。

書きたい内容があるから、これだけの文章が書ける。言いたい内容があるから言葉が出てくる。そういう関係をよく出していると思います。

――三原というのはこういう人だったのか、というのが、短い文章の中でよくわかりますね。

丸谷　逆に、内容がないから言葉が出てこないという例があります。それが国語の教科書。

たとえば、小学校一年の国語の教科書で最初に出てくる文章に、こんなものがあります。

「はるの　はな／あおい　あおい／はるの　そら／うたえ　うたえ／はるの　うた」（教育出版『国語一　上』）

「みんな／あつまれ／もりの　なか」「あおい　うみ／みつけた／なみの　おと／きこえた／みんな／はしれ」（光村図書『国語一　上』）

この二つは採択率の一位と二位なんですよ（笑）。

谷川俊太郎さんが、『こんな教科書あり？』（岩波書店）という本の中で、こういった教科書の文章を痛烈に批判しています。「作者がぜんぜん見えてこない」、「無味乾燥といえばいいか、なんの表現にもなっていない」、「学校に入って子どもが最初に出会う日本語がこんなチープな言葉でいいものか」と、憤慨している。

僕の言葉で言えば、言うべきことが何もない人たちが、言うべきことが何もなくて書いた文章がこれなんです。だから「チープな」日本語になるのは当り前なんです。

ところで谷川さんは、以前、安野光雅さん、大岡信さんたちと一緒になって、自分で小学一年生の国語の教科書をつくったことがある。その『にほんご』最初の文章。

ないたり　ほえたり　さえずったり、
こえをだす　いきものは、
たくさんいるね。
けれど　ことばを
はなすことの　できるのは、
ひとだけだ。

これが文章というものなんですね。言いたいことがあって、それを技術や学識、教養を身に備えた人が書いてる。しかし一番大事なのは、言いたいことがあるということです。小学校の一年生が、最初に教科書を開く。その幼い読者に向って、筆者は何を伝えたいか。人間と言葉との関係について書きたい、言いたい、そういう思いがあるから、これだけの美しい言葉が出てくるわけです。

だから、言うべきことをわれわれは持たなければならない。言うべきことを持てば、言葉が湧き、文章が生れる。工夫と習練によっては、それが名文になるかもしれません。でも、名文にはならなくたっていい。とにかく内容のあることを書きましょう。そのためには、考えること。そう思うんですよ。

〈解説〉思考のルールブック

鹿島茂

大学で、もう二十五年も、フランス文学の卒論指導を受け持っている。しかし、私の在籍している大学では（というよりも最近ではどの大学でも）、卒論指導の意味が一般の想像するところとはかなり違っている。というのも、卒論指導を受けにくる学生の多くは、テーマとして取り上げる文学作品以外に、何一つ読んだことがないからである。たとえば、フロベールの『ボヴァリー夫人』で書くという学生は、小説という名に値いする本はこれ一冊しか読んでいない（もちろん、フランス語ではなく日本語で）。しかし、それでも一冊でも読んできた学生はまだましなほうで、まったくなにも読んでいない状態で、文学史かなにかを参考にして、作品や作家を決めてくる学生もいる。それどころか、本というものは教科書以外にはまったく読んだことがないと正直に告白する学生すらいるのである。

こうした学生に卒論指導をすることは、当たり前だが、言語に絶する困難をともなう。

しかし、それでも、なんとか論文の体をなすものを書かせて、卒業させなければならないのだ（仏文は卒論は必須）。

彼女たちにとって、一般に出回っている「卒論・論文の書き方」の類いはまったく無用の長物である。なぜなら、この手のハウツー本は、書く内容が決まっているという前提に立っているので、何を書いたらいいか、いやどう考えたらいいかさえわからない学生にとってはなんの役にも立たないからだ。

この意味で、『思考のレッスン』こそは、ようやく現れた、願ったりかなったりの本であるといっていい。実際、論文指導にこれほど役に立つ本もない。

ひとつ、学生と私とのやり取りを再現しながら、『思考のレッスン』の使い方を述べてみよう。

＊

学生　わたし、どんな本を読めばいいのか、わからないんですけど。

鹿島　それは、あなたが読みたいと思った本を読めばいい。（P.112「読みたい本を読むしかないんです」）

学生　でも、どんな本が読みたいのかそれもわからないんです。

鹿島　うーん、困ったな。では、こうしたらどうですか、本屋に行って、フランス文学の文庫コーナー（今じゃ、これがあるのは岩波文庫だけだけど）から何冊か抜いて、書き出しだけを数行読んでみる。その書き出しが気に入ったら、とりあえず、一冊文庫を買う。その本があなたの趣味にあったことになるんだから。（P.112「『趣味』というのは、たいへん大事な問題なんですね」）

学生　わかりました。やってみます。でも、そのあとはどうするんですか？

鹿島　とりあえずは、その本を読み始める。しかし、こりゃだめだ、全然、おもしろくないと思ったら、途中でやめていい。（P.103「おもしろくないと思ったら、断固として『これは読まなくてもいい』と度胸を決める。それが大事ですね」）

学生　そんなことしていいんですか。

鹿島　もちろん、かまいません。自分に合わない本を読むほど苦痛なものはない。だから、だめだったら、また本屋に行って次の本を選び、読み始める。おもしろく読めたら、今度は最後まで読んでみる。（P.103「本の読み方の最大のコツは、その本をおもしろがること、その快楽をエネルギーにして進むこと。これですね」）

学生　わかりました。それから書き始めるんですね。

鹿島　おっと待った。そんなにすぐ書き始めちゃ、それは読書感想文にしかならない。論文を書くんだったらもう少し待たなくちゃ。

学生　どうしてです？　読書感想文と論文は違うんですか？

鹿島　全然違いますよ。読書感想文というのは、基本的に「おもしろかったです、おしまい」でいいんだけど、論文というのはどこがどうおもしろいのかを書く必要がある。
学生　なるほど。でも、何を待つんですか？
鹿島　他の本を何冊か読み終えるまで待つことです。そうしないと、その本のどこがどうおもしろいのか、つまりどうユニークなのか、あるいは逆に、最初に考えていたほどおもしろくも、ユニークでもないのかがわからない。（P.114「［石川淳さんが］たくさんの本の中にあって初めて、一冊の本は意味があるのだ、というようなことを書いていらした。僕は、その通りだと思うんですね。孤立した一冊の本ではなく、『本の世界』というものと向い合う、その中に入る」）
学生　でも、何冊か読むって、それ、同じ作家の本をですか、それとも同じジャンルの本ということですか？
鹿島　いい質問ですね。その両方です。それに、できれば、ちがう作家の似た本や、まったくちがうジャンルの本も読むといい。
学生　ウッソー！　そんな、時間がないですよ。
鹿島　いや、時間がなくても最低限、この三種類の読書をしておかなければ文学論文は書けません。
学生　どうしてですか？

鹿島　それは、あなたがほとんど本を読んだことがない人だからです。すでに、たくさんの本を、それもありとあらゆるジャンルの本を読んできた人なら、一冊読んだだけで、論文が書けるかもしれない。だけど、あなたは、本を読んだことのない人だから、このノルマをこなさなければならない。

学生　わかりました。でも、どうして、そんなことが必要なのですか？

鹿島　比較・分析の土台を作るためです。（P.200「まず、考えるに当って『比較と分析』ということが非常に有効なんですね」）比較するには、ある程度の共通基盤がなくてはならない。同じ作家の作品というのは、製造者が同じという共通基盤がある。また、同じジャンルなら、ジャンルの約束事というのがそれに当たる。その共通基盤の上に立って、取り上げる作品と他の作品を比較すると、差異と類似が見えてくる。たくさん本を読んでいる人なら、この共通基盤というものがすでにあるからいいけど、あなたの場合はそれを新しく作らなけりゃいけない。

学生　わかりました。じゃあ、その差異と類似に注目して論文を書くんですね。

鹿島　そのとおり。ただし、そこで、あわててはいけない。

学生　なんのことです？

鹿島　表面的な類似はかならずしも本質的（構造的）類似を意味しないし、差異もまたしかりということです。

学生　それって、クジラとマグロみたいなものですか?

鹿島　なかなか良い類推をするじゃないですか。そう、クジラもマグロもどっちも大型の海洋生物で、外見はよく似ていますが、クジラは哺乳類でマグロは魚類。クジラは構造的にはむしろゾウに近い。同じように、文学作品も、表面的な類似にはむしろ警戒して、一見、差異に見えるようなところに類似を見抜くように心掛けなくちゃいけないんです。だから、たんに、比較するだけじゃなくて、分析をしっかりする必要がある。これは本当に類似か、差異かとね。そうすると、近いものよりかえって遠いもののほうに類似があることがわかる。ちがう作家の本やちがうジャンルの本も読めといったのはそういう意味です。(P.216「同種のものが別の外観で存在することを発見する、同類を見つけて同類項に入れる。これは他の言い方で言えば、『見立て』ですね」)

学生　でも、そんなこと簡単にできますか? どうやれば、差異の中に類似を見つけられるんですか?

鹿島　いや、できますよ。げんに、いま、あなたがしたじゃないですか、クジラとマグロで。その類推はどこから来たの?

学生　わたし、スキューバ・ダイビングやっているんで、お魚には割と詳しいんです。

鹿島　それですよ。だれでも好きで一生懸命やっている専門分野、つまりホーム・グラウンドみたいなものはある。そうしたホーム・グラウンドでは構造的な把握もできている。だから、その構造的把握（これが見立て力というものです）をもとにそこから類推を働かせればいいんです。（P.141「大野さんの場合は極めて専門的な話ですが、そうでなくてもこのホーム・グラウンドという考え方は役に立つんじゃないだろうか。われわれ普通の読者の場合でも、ホーム・グラウンドを持っていれば、いっそう深い読み方ができるんじゃないかなあと思ったんです」）

学生　それなら、わたしにもできそうな気がします。

鹿島　ただね、論文を書くときには、ホーム・グラウンドからの見立てで、差異の中に類似を、類似の中に差異を見つけるだけじゃいけない。次に、その類似や差異が、なにを意味しているのかを考えて良い問を立てる必要がある。（P.180「考える上でまず大事なのは、問いかけです。つまり、いかに『良い問』を立てるか、ということ」）

学生　「良い問」ってなんですか？

鹿島　「良い問」というのは、まだだれも立てたことのない問いです。（P.180「『良い問』の条件の第一は、それが自分自身の発した謎だという点です。他人が発した謎、でき合いの謎では切実に迫ってこない」）

学生　でも、仮に私が謎から問いを見つけたとしても、それはたんに私が無知だからってこともあるんじゃないですか？

鹿島　その通りで、学生の問いの場合、ほとんどがそれなんですね。ですから、問いを立てたら、次はそれが問いとして有効かを確認しなければならない。そのときに、先行の研究なんかが役立ちます。しかし、それでも、問いが問いとして残ったら、そこから、問いを大きく育ててやることが必要です。（P.181「二番目に大切なのは、謎をいかにうまく育てるかということです。どんな謎でも、最初は『不思議だなあ』といった漠然としたものにすぎない。それを上手に『良い問』に孵化してやることが大切です」）

学生　問いを育てるって、どうやればいいんですか？

鹿島　簡単に答が見つかったと思わないことです。答が見つかったかな、と思ったら、もう一人の自分がそこで、「おいおい、本当かよ？」とツッコミを入れてやるんです。そうすると、その疑問に答えなくてはならないから、問いはより深まって、さらなる問いを誘うわけです。（P.181「一番大事なのは、謎を自分の心に銘記して、常になぜだろう、どうしてだろうと思い続ける。思い続けて謎を明確化、意識化することです。そのためには、自分のなかに他者を作って、そのもう一人の自分に謎を突きつけて行く必要があります」）

学生　わかりました。一人で、ボケとツッコミを演じるんですね。

鹿島　その通り。そうすると、だいたい、こういうのが答じゃないかと見えてくる。

学生　論文はそれで終わりですか。

鹿島　とんでもない。そこまでは下準備で、論文は、こうして見つかった仮説を問題設定として提起するところから始まります。これが序論に当たるわけです。この序論に述べた仮説を具体的な証拠をあげていちいち証明していくのが論文です。論文の価値は、この証明の合理性にあるんだけれど、しかし、それ以上に、仮説を立てるということがとても大切なことなんです。問題提起がよくなければ論文は絶対におもしろくならないからね。（P.208「とにかく最初に仮説を立てるという冒険をしなければ、事柄は進まない。直感と想像力を使って仮説を立てること、これはたいへん大事なことです」）

学生　わかりました。なんだか、書けるような気持ちになってきました。ところで、最初に参考文献はなにを読めばいいんですか？

鹿島　それは絶対、丸谷才一『思考のレッスン』でしょう。いまぼくが言ったことは、全部、この本の引き写しなんです。

学生　先生、それって、ズルくないですか？

鹿島　いや、ズルくない。なぜって、これは論文というゲームの規則が載っているルールブックですからね。ルールブックなら、いくら真似しても、剽窃にはならない。いままでは、このルールブックがなくて、日本人はゲームをやろうとしていたということですね。

学生　わかりました。じゃあ、さっそくゲームを始めてみます。

鹿島　Bon courage!（がんばってね）

（フランス文学者）

初出　「本の話」（文藝春秋刊）
平成十年五月号から平成十一年三月号まで連載
単行本　平成十一年九月　文藝春秋刊

文春文庫

思考《しこう》のレッスン

定価はカバーに
表示してあります

2002年10月10日　第1刷
2025年3月25日　第11刷

著　者　丸《まる》谷《や》才《さい》一《いち》
発行者　大沼貴之
発行所　株式会社 文藝春秋

東京都千代田区紀尾井町3-23　〒102-8008
TEL 03・3265・1211(代)
文藝春秋ホームページ　https://www.bunshun.co.jp

落丁、乱丁本は、お手数ですが小社製作部宛お送り下さい。送料小社負担でお取替致します。

印刷製本・TOPPANクロレ

Printed in Japan
ISBN978-4-16-713816-5

（　）内は解説者。品切の節はご容赦下さい。

安野光雅
絵のある自伝
昭和を生きた著者が出会い、別れていった人々との思い出をユーモア溢れる文章と柔らかな水彩画で綴る初の自伝。心温まる追憶は時代の空気を浮かび上がらせ、読む者の胸に迫る。

あ-9-7

阿川佐和子
バイバイバブリー
根がケチなアガワ、バブル時代の思い出といえば…。あのフワフワと落ち着きのなかった時を経て沢山の失敗もしたから分かる、今のシアワセ。共感あるあるの、痛快エッセイ！

あ-23-27

阿川佐和子
アガワ流生きるピント
「妻が認知症に」『部下を叱れない』『なりたいものが見つからない』――恋愛、仕事、生活の不安など三十七の悩みに、『聞く力』のアガワが豊富な人生経験を総動員して、答えます。

あ-23-28

浅田次郎
君は嘘つきだから、小説家にでもなればいい
裕福だった子供時代、一家離散の日々で身につけた習慣、二人の母のこと、競馬、小説。作家・浅田次郎を作った人生の諸事が綴られた文章に酔いしれる、珠玉のエッセイ集。

あ-39-14

浅田次郎
かわいい自分には旅をさせよ
京都、北京、パリ……誰のためでもなく自分のために旅をし、日本を危うくする「男の不在」を憂う。旅の極意と人生指南がつまった、笑いと涙の極上エッセイ集。幻の短篇、特別収録。

あ-39-15

安野モヨコ
食べ物連載
くいいじ
激しく〆切中でもやっぱり美味しいものが食べたい！　昼ごはんを食べながら夕食の献立を考える食いしん坊な漫画家・安野モヨコが、どうにも止まらないくいいじを描いたエッセイ集。

あ-57-2

朝井リョウ
時をかけるゆとり
カットモデルを務めれば顔の長さに難癖つけられ、マックで休憩すれば黒タイツおじさんに英語の発音を直され。『学生時代にやらなくてもいい20のこと』改題の完全版。（光原百合）
あ-68-1

（　）内は解説者。品切の節はご容赦下さい。

朝井リョウ
風と共にゆとりぬ
レンタル彼氏との対決、会社員時代のポンコツぶり、ハワイへの家族旅行、困難な私服選び、税理士の結婚式での本気の余興、壮絶な痔瘻手術体験など、ゆとり世代の日常を描くエッセイ。
あ-68-4

安西水丸
ちいさな城下町
有名無名を問わず、水丸さんが惹かれてやまなかった村上市・行田市・中津市・高梁市など二十一の城下町。歴史的事件や人物の逸話、四コマ漫画も読んで楽しい旅エッセイ。（松平定知）
あ-73-1

井上ひさし
ボローニャ紀行
文化による都市再生のモデルとして名高いイタリアの小都市ボローニャ。街を訪れた著者は、人々が力を合わせ理想を追う姿を見つめ、思索を深める。豊かな文明論的エセー。（小森陽一）
い-3-29

池波正太郎
夜明けのブランデー
映画や演劇、万年筆に帽子、食べもの日記や酒のこと。週刊文春に連載されたショート・エッセイを著者直筆の絵とともに楽しめる穏やかな老熟の日々が綴られた池波版絵日記。（池内　紀）
い-4-90

池波正太郎
ル・パスタン
人生の味わいは「暇」にある。可愛がってくれた曾祖母、「万惣」のホットケーキ、フランスの村へジャン・ルノアールの墓参り。「心の杖」を画と文で描く晩年の名エッセイ。（彭　理恵）
い-4-136

石井好子
パリ仕込みお料理ノート
とろとろのチーズトーストにじっくり煮込んだシチュー……パリで「食いしん坊」に目覚めた著者の、世界中の音楽の友人と、忘れがたいお料理に関する美味しいエッセイ。（朝吹真理子）
い-10-4

伊集院　静
文字に美はありや。
文字に美しい、美しくないということが本当にあるのか。〝書聖〟王羲之に始まり、戦国武将や幕末の偉人、作家や芸人ら有名人から書道ロボットまで、歴代の名筆をたどり考察する。
い-26-26

（　）内は解説者。品切の節はご容赦下さい。

伊藤比呂美
切腹考
鷗外先生とわたし

前夫と別れ熊本から渡米し、イギリス人の夫を看取るまで。生きる死ぬるの仏教の世界に身を浸し、生を曝してきた詩人が鷗外を道連れに編む、無常の世を生きるための文学。（姜　信子）
い-99-2

イモトアヤコ
棚からつぶ貝

「背中で見せる理想の上司」「拝啓　安室奈美恵さま」「おもしろ女優」など、家族や芸能界の友人達について綴ったエッセイ集。妊娠・出産・育児の怒濤の日々について文庫版で加筆！
い-111-1

上野千鶴子
おひとりさまの老後

結婚していてもしてなくても、最後は必ずひとりになる。でも、智恵と工夫さえあれば、老後のひとり暮らしは怖くない。80万部のベストセラー、待望の文庫化！（角田光代）
う-28-1

上野千鶴子
ひとりの午後に

世間知らずだった子供時代、孤独を抱えて生きていた十代のころ……。著者の知られざる生い立ちや内面を、抑制された筆致で綴ったエッセイ集。（伊藤比呂美）
う-28-3

内田洋子
ジーノの家
イタリア10景

イタリア人は人間の見本かもしれない——在イタリア三十年の著者が目にしたかの国の魅力溢れる人間達。忘れえぬ出会いや情景をこの上ない端正な文章で描ききるエッセイ。（松田哲夫）
う-30-1

内田洋子
ロベルトからの手紙

俳優の夫との思い出を守り続ける老女、弟を想う働き者の姉たち、無職で引きこもりの息子を案じる母——イタリアの様々な家族の形とほろ苦い人生を端正に描く随筆集。（平松洋子）
う-30-2

遠藤周作
生き上手　死に上手

死ぬ時は死ぬがよし……だれもがこんな境地で死を迎えたい。でも死はひたすら恐い。だからこそ死に稽古が必要になる。周作先生が自らの失敗談を交えて贈る人生セミナー。（矢代静一）
え-1-12

（　）内は解説者。品切の節はご容赦下さい。

江國香織
やわらかなレタス
ひとつの言葉から広がる無限のイメージ――。江國さんの手にかかると、日々のささいな出来事さえも、キラキラ輝いて見えだします。読者を不思議な世界にいざなう、待望のエッセイ集。
え-10-3

小川洋子
とにかく散歩いたしましょう
ハダカデバネズミとの心躍る対面、同郷のフィギュアスケーターの演技を見て流す涙、そして永眠した愛犬ラブと暮らした日々。創作の源泉を明かす珠玉のエッセイ46篇。（津村記久子）
お-17-4

岡田光世
ニューヨークのとけない魔法
東京とニューヨーク。同じ大都会の孤独でもこんなに違う。お節介で、図々しくて、孤独な人たち。でもどうしようもなく惹きつけられてしまうニューヨークの魔法とは？（立花珠樹）
お-41-1

大宮エリー
生きるコント
毎日、真面目に生きているつもりなのに……なぜか、すべてがコントになってしまう人生。作家・大宮エリーのデビュー作となった、大笑いのあとほろりとくる悲喜劇エッセイ。（片桐　仁）
お-51-1

尾崎世界観
苦汁100%
濃縮還元
初小説が文壇を驚愕させた尾崎世界観の日常と非日常。文庫化に際し、クリープハイプ結成10周年ライブがコロナ禍で中止になった最中の最新日記を大幅加筆。苦味と旨味が増してます！
お-76-2

尾崎世界観
苦汁200%
ストロング
尾崎世界観の赤裸々日記、絶頂の第2弾。文庫化にあたり「芥川賞候補ウッキウ記」2万字書き下ろし。「情熱大陸」に密着され、『母影』が芥川賞にノミネートされた怒濤の日を加筆。
お-76-3

大竹英洋
そして、ぼくは旅に出た。
はじまりの森 ノースウッズ
オオカミの夢を見た著者は、ある写真集と出会い単身で渡米する。読む人に深い感動と気付きをもたらす、人生の羅針盤となりうる一冊。梅棹忠夫・山と探検文学賞受賞作。（松家仁之）
お-80-1

（　）内は解説者。品切の節はご容赦下さい。

開高　健
私の釣魚大全
まずミミズを掘ることからはじまり、メコン川でカチョックという変な魚を一尾釣ることに至る国際的な釣りのはなしと、井伏鱒二氏が鱒を釣る話など、楽しさあふれる極上エッセイ。

か-1-2

加納朋子
無菌病棟より愛をこめて
愛してくれる人がいるから、なるべく死なないように頑張ろう。急性白血病の告知を受け仕事も家族も放り出しての緊急入院、抗癌剤治療、骨髄移植――人気作家が綴る涙と笑いの闘病記。

か-33-5

川上未映子
きみは赤ちゃん
35歳で初めての出産。それは試練の連続だった！　芥川賞作家の鋭い観察眼で「妊娠・出産・育児」という大事業の現実を率直に描き、多くの涙と共感を呼んだベストセラー異色エッセイ。

か-51-4

河野裕子・永田和宏
たとへば君《きみ》
四十年の恋歌
乳がんで亡くなった歌人の河野裕子さん。大学時代の出会いから、結婚、子育て、発病、そして死。先立つ妻と見守り続けた夫。交わした愛の歌380首とエッセイ。（川本三郎）
か-64-1

黒柳徹子
チャックより愛をこめて
長い休みも海外生活も一人暮らしも何もかもが初めての経験。NY留学の1年を喜怒哀楽いっぱいに描いた初エッセイが新装版に。インスタグラムで話題となった当時の写真も多数収録。

く-2-3

久世光彦
ベスト・オブ・マイ・ラスト・ソング
末期の刻に一曲だけ聴くことができるとしたら、どんな歌を選ぶか。14年間連載されたエッセイから52篇を選んだ〈決定版〉。小林亜星、小泉今日子、久世朋子の語り下し座談会収録。

く-17-7

小林秀雄
考えるヒント
常識、漫画、良心、歴史、役者、ヒットラーと悪魔、平家物語などの項目を収めた「考えるヒント」に随想「四季」を加え、「ソヴェットの旅」を付した明快達意の随筆集。（江藤　淳）
こ-1-8

（　）内は解説者。品切の節はご容赦下さい。

小林秀雄
考えるヒント2
忠臣蔵、学問、考えるという事、ヒューマニズム、還暦、哲学、天命を知るとは、歴史、など十二篇に「常識について」を併載して、いま改めて考えることの愉悦を教える。（江藤　淳）
こ-1-9

小林秀雄
考えるヒント3
「知の巨人」の思索の到達点を示すシリーズの第三弾。柳田民俗学の意義を正確に読み解き、現代知識人の盲点を鋭くついた歴史的名講演「信ずることと知ること」ほかの講演を収録する。
こ-1-10

小林信彦
生還
自宅で脳梗塞を起こした、八十四歳の私。入院・転院・リハビリ・帰宅・骨折・再入院を繰り返す私は本当に治癒していくのか？人生でもっとも死に近づいた日々を記した執念の闘病記。
こ-6-39

神野紗希
もう泣かない電気毛布は裏切らない
「恋の代わりに一句を得たあのとき、私は俳句という蔦に絡めとられた」。正岡子規を輩出した愛媛県松山市出身。俳句甲子園世代の旗手が、17音の豊饒な世界を案内するエッセイ集。
こ-49-1

是枝裕和
映画の生まれる場所で
世界的名匠の目は現場で何を見ているのか。カトリーヌ・ドヌーヴを迎え、パリで撮影された映画『真実』。予想外の困難と発見の連続だった撮影を日記、手紙、画コンテで振り返る。（橋本　愛）
こ-50-1

佐藤愛子
我が老後
妊娠中の娘から二羽のインコを預かったのが受難の始まり。さらに仔犬、孫の面倒まで押しつけられ、平穏な生活はぶちこわし。ああ、我が老後は日々これ闘いなのだ。痛快抱腹エッセイ。
さ-18-2

佐藤愛子
冥途のお客
岐阜の幽霊住宅で江原啓之氏が見たもの、狐霊憑依事件、金縛り体験記、霊能者の優劣……。「この世よりもあの世の友が多くなってしまった」著者の、怖くて切ない霊との交遊録、第二弾。
さ-18-13